Widerspenstige Einfälle
und Himmelsluft

Henri du Mont-Tonnerre

Widerspenstige Einfälle und Himmelsluft

Roman

BoD – Books on Demand

**Bibliografische Information
der Deutschen Nationalbibliothek:**

Die Deutsche Nationalbibliothek verzeichnet diese Publikation in
der Deutschen Nationalbibliografie; detaillierte bibliografische
Daten sind im Internet über www.dnb.de abrufbar.

Coverbild:
Melancholie; Öl auf Holz (1532)
von Lucas Cranach d. Ä. (Ausschnitt)
Statens Museum for Kunst , Kopenhagen

© 2019 Henri du Mont-Tonnerre
Herstellung und Verlag: BoD – Books on Demand, Norderstedt.

ISBN: 9783750417489

Widersetzlichkeit, oder Widerspenstigkeit ist ein der Tugend der Willigkeit, Unterthänigkeit, und des Gehorsams, entgegen stehendes Laster, oder eine Fertigkeit, mit grossem Verzug und Widerwillen zu thun, was einem geheissen wird. [...] *Dabey aber ist zu mercken, dass gleichwohl nicht ein jeglicher Ungehorsam, wenn Unterthanen nicht so fort alles thun, was Obrigkeiten befehlen, ein widersetzen sey. Nein, wenn die Obrigkeit Dinge beföhle, die wider GOTT, Christliche Freyheit, Gewissen, Amt und Billigkeit lieffen, und man das nicht thäte, nicht gehorchete, so hätte man sich deswegen der Obrigkeit nicht widersetzet: Denn man muß Gott mehr gehorchen, denn den Menschen* [...].

Zedlers Universal-Lexicon
Bd. 55 (1748), Sp. 1798 bzw. 1800.

EINFALL, *m. nach den bedeutungen des* einfallens,

1) ruina, einsturz: der einfall des alten hauses, der mauer [...].

2) *irruptio, incursus:* [...] nhd. der einfall des feindes [...].

3) einfall der klinke, der schnalle. *s.* einsaat. [Querverweis: EIN-SAAT, *f. sementis, nnl.* inzaat, *der bedeutung nach gleichviel mit* aussaat, *da das aus der hand, aus dem sack gesäte zugleich in die erde gesät wird.*]

4) *subita cogitatio,* ein plötzlicher, schneller, kluger, guter, glücklicher einfall; ein alberner, übler, närrischer, wunderlicher, seltsamer einfall [...].

Deutsches Wörterbuch
von Jacob Grimm und Wilhelm Grimm
Bd. 3 (1862), Sp. 170 bzw. 261

Die Lufft ist ein Theil des Himmels, ein Schau-Platz der Welt; das Sieb der Natur, durch welches die Kräffte und Einflüsse der andern Cörper gereutert werden; die mittlere Natur, welche alle die andern weit auseinander zerstreueten Naturen zusammenfasset; der allersubtil-ste Dampff, der von dem himmlischen Feuer zu einem unaus-löschlichen Licht angezündet worden; der Auffenthalt des Lichts und des Schattens. Sie ist das erste durchscheinende Wesen, leidet nichts leeres, nimmt alle zufällige Beschaffenheiten leichtlich an, hat aber selbst keine eigene, ist dem geistlichen Wesen nahe, und wird daher in der geheimen Arbeit der Philosophen der Geist genannt. [...]
Aether, heist die subtile Himmels-Lufft, die durch die gantze Welt ausgetheilet ist, und allen Platz zwischen den grossen und festen Welt-Cörpern anfüllet.

Zedlers Universal-Lexicon
Bd. 1 (1732), Sp. 674 bzw. 701

Atmen, du unsichtbares Gedicht!
Immerfort um das eigne
Sein rein eingetauschter Weltraum. Gegengewicht,
in dem ich mich rhythmisch ereigne.

Einzige Welle, deren
allmähliches Meer ich bin;
sparsamstes du von allen möglichen Meeren, —
Raumgewinn.

Wieviele von diesen Stellen der Räume waren schon
innen in mir. Manche Winde
sind wie mein Sohn.

Erkennst du mich, Luft, du, voll noch einst meiniger Orte?
Du, einmal glatte Rinde,
Rundung und Blatt meiner Worte.

Rainer Maria Rilke: Die Sonette an Orpheus
2. Teil (1), verfasst 1922

Insel in Sicht

Das Nebelhorn ertönte. Die Schallwelle erschütterte meinen Körper. Der Schreck wich augenblicklich dem beglückenden Gefühl, in See zu stechen und das Festland hinter sich zu lassen. Ich saß auf dem Oberdeck der Fähre, die jetzt ablegte, um Kurs auf die Insel in der Nordsee zu nehmen. Es wehte eine frische Brise, Sonne und Wolken wechselten einander ab. Obwohl es Hochsommer war, schlüpfte ich in meinen Anorak und zog die Kapuze über den Kopf, denn ich wusste, dass sich die Brise bald in scharfen Wind verwandeln würde. Die Überfahrt würde etwa zwei Stunden dauern und mir Zeit geben, im Bordbistro einen Milchkaffee zu trinken und das Schiff in Ruhe zu durchwandern. Unter Deck standen dicht an dicht die Fahrzeuge der Urlauber: PKW, viele mit angekoppelten Fahrrädern, Campingbusse, große Transporter für Lebensmittel, auch Motor- und Fahrräder mit Gepäcktaschen waren zu sehen. Bald wurde vielen Passagieren auf dem Oberdeck der Wind zu schneidend und sie zogen sich aufs Zwischendeck in einen der beiden Säle zurück. Ich blieb oben und fühlte mich mit Anorak und Sonnenbrille dem Wetter gewachsen.

Die Menschen waren aufgekratzt. Sie schauten erwartungsvoll auf den Horizont im Westen. Dort würde die Insel, ihr Urlaubsziel, aus dem Meer auftauchen und ihnen entgegenkommen. Die meisten sahen blass aus, was sich bald ändern würde. In der Seeluft am Strand bekommen selbst diejenigen Farbe, die sich im Schatten aufhalten. Im übrigen ist Sonnenbrand ein wiederkehrendes Urlaubserlebnis, entweder als Verbrennung ersten Grades oder eine in milderer Form, die durch Einreiben oder Einsprayen der Haut mit Sonnenschutzmitteln erzielt wird. Diese verströmen einen speziellen Duft und sind überall in unterschiedlichen Qualitäten (»Wirkfaktoren«) zu kaufen. Das Auftragen von solchen Präparaten erscheint mir als widersinnige Prozedur. Sie wird dann notwendig, wenn man sich entblößt und der Sonne direkt aussetzt. Man entledigt sich der Kleider, um sich sogleich mit einem Präparat wieder zu bedecken, das die Schutzfunktion der Kleidung ersetzen soll. Ich habe das paradoxe Ritual immer wieder mit Erstaunen beobachtet und mich selbst nie ganz von ihm freimachen können.

Die Möwen begleiteten das Schiff noch eine Weile in der Hoffnung, den einen oder anderen Happen aufzuschnappen. Ihr Geschrei war Musik in den Ohren der Urlaubshungrigen und gehörte zu deren Meereserleben wie Brandung, Sandstrand, Strandkörbe und Dünen. Ich streckte die Beine aus und blickte auf die dicken Auspuffrohre am Schiffsheck, denen jetzt fast unsichtbar das Abgas entströmte. Nur bei der Abfahrt hatten sie schwarze Rußwolken ausgestoßen, die aus Gründen des Umwelt- und Klimaschutzes heute verpönt sind. Aber die Urlauber schenkten diesem düsteren Umstand keine Beachtung, sie hatten anderes im Sinn. Niemand beschwerte sich. Irgendwie gehörten die Rußwolken beim Ablegen vom Festland zum Feriengefühl wie die im Wind segelnden Möwen.

Mein Koffer lag in einem der großen Regale des Gepäckraums, meinen Rucksack hatte ich aufs Oberdeck mitgenommen. Als Ferienlektüre – was nicht korrekt ist, da ich nicht als Feriengast unterwegs war, was ich noch ausführen werde – hatte ich mir nur ein einziges Buch mitgenommen. Ich wollte während meines Insel-Daseins einen Klassiker lesen, nämlich Dostojewskis »Böse Geister« (früher: »Die Dämonen«) in der neuen Übersetzung von Swetlana Geier. Der Inhalt des Romans, den ich im Internet recherchiert hatte, interessierte mich brennend. Er drehte sich um die Frage, wie eine Gruppe von Menschen, die die gesellschaftliche Misere überwinden und einen neuen Menschen schaffen will, zu schweren Verbrechen bis hin zum Mord bereit sein kann, und wie eine politische Verschwörung Misstrauen, Selbstzerstörung und Chaos erzeugt. Hat Dostojewski die Gräuel des Totalitarismus im 20. Jahrhunderts vorausgeahnt, wie oft behauptet wird? Jedenfalls hat er die Vorzeichen erlebt, erkannt und beschrieben. Spätere Zeiten können sich in ihnen wiedererkennen. Ich zog das dicke Buch heraus und legte es gleich wieder zurück. Ich wollte lieber die Seeluft und den Anblick des weiten Himmels genießen.

Ich sollte vier Wochen und vielleicht noch zusätzlich zwei weitere auf der Insel bleiben, nicht als Urlauber, sondern als Patient. Ich muss an dieser Stelle mitteilen, dass ich neuerdings an schwerem Asthma leide und mir die Ärzte dringend zu einer Kur an der Nordsee geraten haben. Das Hochseeklima in Verbindung mit der Behandlung in einer Rehaklinik sei die Rettung. Die Einrichtung war auf mein Kommen vorbereitet, das Einzimmer-Appartement mit Balkon sowie der Stundenplan für die Behandlung und regelmäßige Mahlzeiten erwarteten mich.

Nach einer Stunde wurde die Insel als schmaler Streifen am Horizont des Meeres sichtbar. »Mama, schau dort, Insel in Sicht«, rief ein Junge. Einige Leute liefen auf die betreffende Seite des Decks, reckten die Hälse, deuteten mit ihren Armen in die Ferne und wirkten erleichtert, dass ihnen ihr Ziel nun endlich vor Augen lag. Ich spürte, wie mein Atem etwas leichter durch die Bronchien strömte und das leise, stetige Giemen fast unhörbar wurde. Der Würgegriff um meine Lunge hatte nachgelassen.

Inzwischen waren nur noch wenige Passagiere auf dem Oberdeck. Ich saß auf der Bank und spürte den Rucksack an meiner Seite. Er enthielt ja nicht nur das dicke Buch von Dostojewski, sondern auch meinen Laptop, der schmal und handlich war und wahrscheinlich leichter als »Böse Geister«. Auf der Festplatte befanden sich auch meine täglichen Kurzberichte aus den letzten Jahren – ohne dass ich das Ganze als Tagebuch bezeichnen würde. Kurze Rückblicke auf den verflossenen Tag, Anmerkungen zu Politik und Gesellschaft, Notizen zu Gesehenem und Gelesenem, Aufzeichnungen von Träumen, mehr oder weniger freie Assoziationen, widerspenstige Einfälle. Dieses Sammelsurium, dessen einzige Ordnung darin bestand, dass die Texte fortlaufend mit dem Datum versehen waren, an dem ich sie niedergeschrieben hatte, wollte ich auf der Insel sichten, überarbeiten und einige davon auswählen, um sie in einen lesbaren Text zu verwandeln. Lesbar nicht nur für mich selbst, sondern auch für andere. Würde ich damit überhaupt eine Publikum erreichen? Ich musste lächeln, als ich an die überladenen Tische in Buchläden dachte und die stetig anwachsende Flut von Neuerscheinungen, die auf kommerziellen Plattformen im Internet ein riesiges Ausmaß angenommen hatten. Das eigene Produkt würde in diesem unermesslichen Wust von Waren verschwinden wie die Nadel im Heuhaufen. Dieser Gedanke war unangenehm, aber er stürzte mich nicht in Zweifel. Schließlich ging es um mich selbst, mein Leben, mein Asthma – und wie viele Leser das interessieren würde oder nicht, stand auf einem andern Blatt.

Die Heilkur

Ich bin als Journalist bei einer überregionalen Tageszeitung angestellt – ein ebenso abwechslungsreicher wie anstrengender Job. Ich brauchte einige Jahre, um auf der Karriereleiter aufzusteigen. Ich schrieb zunächst für eine kleine Lokalzeitung und berichtete über Ereignisse vor Ort. Die Kunst bestand darin, diese für den Leser so widerzuspiegeln, dass er sich mühelos wiederentdecken konnte. Leser sind dankbar dafür, wenn sie das Theaterstück von gestern Abend noch einmal erklärt bekommen oder wenn sie sich auf dem Foto des Straßenfests vom letzten Sonntag wiedererkennen. Später bewarb ich mich bei der besagten überregionalen Tageszeitung, einem Flaggschiff des deutschen Journalismus, und erhielt einen Vertrag als Angestellter. Dann bewarb ich mich auf eine führende Position im Haus und hatte Glück. Ich wurde Leiter der Kulturredaktion und damit Chef des Feuilletons. Die Routine milderte im Laufe der Zeit den Leistungsdruck, jene permanente Anspannung, die man heute als »Stress« bezeichnet. Die täglichen Aufregungen wurden allmählich abgepuffert, eine

Schutzhülle bildete sich um mich herum wie Hornhaut, die unempfindlich macht. Ich fühlte mich im Alltagstrott nach einiger Zeit sogar wohl.

Aber dann trat vor einem halben Jahr etwas Unerwartetes, Unerhörtes ein. Plötzlich erlitt ich einen Hörsturz. Ein übles Ohrensausen plagte mich, und ich konnte nachts nicht mehr durchschlafen. Ich wachte plötzlich auf, schweißgebadet, und konnte stundenlang kein Auge mehr zutun. Tageserlebnisse und Traumfetzen wirbelten in meinem Kopf durcheinander und alle Versuche der Beruhigung und Entspannung schlugen fehl. Mein Körper rebellierte gegen etwas, was in ihm steckte und nicht zu ihm gehörte. Ich spürte, wie er von Tag zu Tag stärker durchdrehte und vom Asthma in den Griff genommen wurde, begleitet von einer Neurodermitis. Die Krankheitssymptome kannte ich aus meiner Kindheit und Jugendzeit, sie betraten nun wie alte Bekannte meine Wohnung ohne anzuklopfen und sich für die Störung zu entschuldigen. Es gibt kaum einen erbarmungswürdigeren Zustand als seine Atemluft durch die verengten Bronchien aus der Lunge pressen zu müssen und dabei einen Pfeifton zu erzeugen, der in der medizinischen Fachsprache als »Giemen« bezeichnet wird. Das Schlimmste dabei ist die Luftnot, die unerbittlich mit Ersticken droht. Die juckende Neurodermitis an Armen, Hals und Beinen tat ihr Übriges, um meinen Körper in einen aufgekratzten Zustand zu versetzen.

Die Ärzte diagnostizierten eine schwere Allergie, ohne freilich die Ursache identifizieren zu können. Jeder hatte eine andere Erklärung parat. Das Immunsystem sei wohl gegen einen Stoff allergisch, den man erst noch durch Haut-tests feststellen müsse. Erst wenn die Testergebnisse vorlägen, könne man therapeutisch etwas tun, meinte der Allergologe. Ein psychosomatisch geschulter Internist vermutete übermäßigen Stress, der sich im Körperlichen niedergeschlagen habe. Der journalistische Beruf, die Belastung durch meine Leitungsfunktion könne die Ursache sein. Ich solle »achtsam« mit mir umgehen. Eine Psychotherapie neben der medikamentösen Behandlung sei zu empfehlen. Ich ging in mich und fand, dass Anspannung und Ärger, die mein Job unter dem Druck der Polical Correctness und angesichts sinkender Verkaufszahlen mit sich brachte, der Grund für meine Beschwerden sein konnten. Als sich mein Zustand nicht besserte und ich mich immer wieder krankmelden musste, schlug mein Hausarzt eine Kur vor.

»Sie sind reif für die Nordsee«, rief er schließlich aus. »Die salzhaltigen Aerosole werden Ihnen bestimmt guttun, überhaupt gibt es für Lunge und Haut kein besseres Heilmittel als die Nordseeluft. Glauben Sie mir, ich habe schon viele Patienten gehabt, die Ihnen das bestätigen können.«

Vor jeder Kur steht der beschwerliche Weg der Bewilligung durch Krankenkasse und Arbeitgeber. Die Verlagsleitung zeigte sich großzügig, als der positive Bescheid der Krankenkasse eintraf. Man wusste, dass ich für die Zeitung viel geleistet hatte und wollte, dass ich möglichst bald wieder fit sei. Hartmut, der Chefredakteur, hatte sogar die hinterlistige Idee, ich könnte ja auch in der Kur für die Zeitung – selbstverständlich »in völlig freier Form« – tätig werden.

Es war üblich, dass wir uns in der Redaktion duzten und mit Vornamen ansprachen.

»Lieber Gustav, berichte doch einfach über Deine Eindrücke, über Land und Leute, Insel und Meer, Kur und Freizeit, was immer dir auf- und einfällt. So als lockere Kolumne, als eine Art Home-Office oder besser gesagt Kur-Office«.

Er lächelte dabei, während ich abwehrend reagierte und mit erhobenen Händen abwinkte.

»Entschuldige bitte«, meine er daraufhin, »so war das nicht gemeint. Du sollst ja in der Kur wieder gesund werden. Aber wenn dir dabei etwas Mitteilenswertes in den Sinn kommt, worüber du gerne berichten würdest, dann könnte dir Schreibarbeit ohne Stress vielleicht guttun.«

Ich gab ihm keine Antwort, aber sein Vorschlag setzte sich in meinen Hirnwindungen fest, ein vager Plan keimte auf. Ich konnte mir tatsächlich vorstellen, im »Kur-Office« zu arbeiten und täglich Berichte zu verfassen, ähnlich dem Verfassen eines Blogs im Internet. Ein Hintergedanke reizte mich: Ich könnte ja meine Reha schriftstellerisch nutzen. Sie würde sich dann nicht nur um Inhalationen, Atemgymnastik, Einreibungen und Bäder drehen, sondern auch geistiges Training, Brain-Jogging, Creative Writing und dergleichen einschließen. Erst bei diesem Gedanken konnte ich mich auf die bevorstehende Kur freuen.

Eine Rehaklinik auf einer ostfriesischen Insel mit »Hochseeklima« hatte noch Platz für mich. Das mir zugewiesene Appartement in dem riesigen Gebäude an der Strandpromenade war klein, aber gemütlich. Der Balkon ging zur Seeseite und ich hatte, wenn ich mich im Bett aufsetzte, vor meinen Augen nur Himmel und Meer. Der Ausblick ging nach Westen und ich war gespannt auf die Sonnenuntergänge. Hier also würde ich in den kommenden Wochen wohnen. In Anbetracht der Schwere meiner Beschwerden hatte mir die Gesundheitsbürokratie eine Verlängerung der Reha-Maßnahme in Aussicht gestellt, falls sie aus ärztlicher Sicht notwendig sei. Der Schreibtisch war groß genug für meinen Laptop und die Maus. Der Zugang zum Internet funktionierte, was brauchte ich mehr?

So begann ich, Tag für Tag widerspenstige Einfälle zu notieren und auch ältere Notizen aufzugreifen und in meinen Text einzubauen. Ich wollte kein Tagebuch produzieren, in dem alle möglichen Ereignisse unter dem jeweiligen Datum vermerkt werden, sondern mich vor allem auf Gedanken konzentrieren, die durch Berührungen und Reibungen im alltäglichen Leben provoziert, gewissermaßen freigesetzt werden. Und ich wollte mir den Luxus erlauben, diese festzuhalten, ohne mir ein Lesepublikum vorstellen zu müssen, das ich zu bedienen hatte. Es war mir sofort klar, dass ein so eigensinniges Machwerk nicht ins Feuilleton meiner Zeitung passen würde.

Asthma

Glücklich die Menschen, die nicht an Asthma leiden! Wie oft ging mir das durch den Kopf, während ich krampfhaft Atemluft durch verquollene Bronchien presste. Das Elend fing schon in zartem Knabenalter an. Vielleicht hing es mit einem einschneidenden Erlebnis zusammen. Als ich eingeschult wurde, war ich plötzlich gezwungen, jeden Morgen außer sonntags mein Elternhaus zu verlassen und zur Schule zu marschieren. Ich wollte lieber zu Hause bleiben und mit anderen Kindern durch Gärten, Felder und Wiesen streifen, Verstecke in Büschen anlegen und bei Regen verschiedene Winkel und Ecken von Scheunen kennenlernen. Dann hieß es plötzlich, ich sei alt genug für die Schule. Und eines morgens war es dann soweit, dass ich mit zwei Nachbarsjungen zusammen zur Schule laufen sollte. Mama hatte den Ranzen gerichtet und das mit Pergamentpapier eingewickelte Pausenbrot neben die Schiefertafel und den Griffelkasten gelegt und mich vor die Haustür begleitet, wo die beiden Kameraden schon auf mich warteten. »Los, Du gehst jetzt zusammen mit dem Helmut und dem Dieter zur Schule!« Aber alles in mir bäumte sich auf. Ich wollte um keinen Preis losmarschieren. Darauf folgte die Vertreibung aus dem Paradies: Mama griff in ihrer Verzweiflung zu einem Kochlöffel, den sie rasch aus der Küche holte, und drohte damit dem widerborstigen Söhnchen. Sie musste mich eine ziemliche Strecke vor sich hertreiben, bis sie mich abgenabelt und in die fremde Welt ausgeworfen hatte. Von nun an marschierte ich ohne Widerstand zu leisten mit den anderen durch die Felder und Wiesen zur Dorfschule.

Irgendwie muss es mit diesem umwälzenden Ereignis zu tun gehabt haben, dass ich während meiner gesamten Schulzeit bis zum Abitur von Asthma geplagt wurde. Es war wie ein tückisches Untier, das mich immer wieder anfiel. Es lauerte in kaltfeuchtem Hausstaub, in unappetitlichen Teppichböden, in miefigen Schlafsälen von Jugendherbergen. Es kündigte sich mit leichtem Pfeifen aus dem Brustkorb an, steigerte sich dann zu einem Keuchen beim Ausatmen, das zu einer immer qualvolleren Anstrengung anwuchs. Das Untier liebte es, mich in tiefer Nacht zwischen drei und vier Uhr anzufallen und mir die Luft abzuschnüren. Ich kämpfte dann um mein Leben, saß aufrecht im Bett, krallte meine Hände in die Matratze zur Unterstützung der Atemmuskulatur. Der Kampf dauerte ein bis zwei Stunden, ehe eine Entspannung eintrat. Am Morgen war dann nur noch ein leichtes Pfeifen in mir vernehmbar, das mich an das Ringen mit dem Todfeind erinnerte.

So schlimm das Asthma auch war, so bescherte es mir doch einen beträchtlichen Krankheitsgewinn. Meine Eltern waren in Sorge und konsultierten einen Facharzt. Dieser empfahl eine Kur, um dem Leiden beizukommen. So landeten wir während der Sommerferien zu Dritt in einer Pension in Bad Reichenhall. Ich wurde jeden Morgen zum Inhalieren in die Kuranstalt gebracht. Die heilsamen Nebelschwaden rochen nach Desinfektionsmitteln, deren Geruch mir von einem früheren Krankenhausaufenthalt bekannt war, als man mir die Gaumenmandeln entriss. Ich bekam einen weißen Umhang übergelegt und sollte mich nun ganz dem Ein- und Ausatmen hingeben. Aber der Höhepunkt der Heilbehandlung war die anschließende Massage. Eine Masseuse half mir beim Ausziehen. Das Knäblein lag dann nackt auf einer Liege, die mit einem breiten weißen Papierband abgedeckt war. Es wurde von einer großen Rolle am Kopfende abgewickelt, eine hygienisch sinnvolle Vorrichtung. Die Massage bestand darin, dass der Körper mit Franzbranntwein eingerieben und dann geknetet und getätschelt wurde. Der Geruch von Latschenkiefer strömte in meine Lungen und weckte meine von der vorausgegangenen Inhalation noch benebelten Lebensgeister. So oft ich auf die hantierende Frau über mir blickte, lächelte sie mir freundlich zu. Vielleicht geschah es in diesen Momenten, dass ich zum ersten Mal ein Rieseln in mir spürte, das ich später dem Gott Eros zugeschrieben hätte. Von den Händen dieser erfahrenen Frau massiert zu werden war der unüberbietbare Höhepunkt der Kur in Bad Reichenhall.

Ob sie etwas bewirkt hat, weiß ich nicht mehr. Aber sie hatte zur Folge, dass meine Eltern einen Inhalationsapparat für den Hausgebrauch anschafften, den ich in kritischen

Phasen benutzen musste. Das Summen des Zerstäubers und das unangenehm riechende klebrige Mittel, das durch einen Trichter einzuatmen war, der wie bei einer Narkose über Mund und Nase gestülpt wurde, sind mir unauslöschlich in Erinnerung geblieben.

Asthmatiker kennen das Gefühl des Erstickens, der Todesangst. Sie haben ein feines Sensorium für alles, was den Atem-Strom blockiert und ihnen die Luft abschnürt. Sie tasten automatisch ihre Umgebung nach möglichen Quellen des Unheils ab und versuchen zu fliehen, dem Monster auszuweichen oder es zu verscheuchen, wenn es auf sie zukommt. Sie erkennen ihre Leidensgenossen an der Art, wie sie atmen, sich räuspern müssen, sich umschauen. Ich war unwillkürlich mit ihnen solidarisch, denn ich kannte ihre Not, die so oft auch meine gewesen war, die all die Anderen, die Nicht-Asthmatiker, sich nicht im Entferntesten vorstellen konnten. Ich war froh, dass die Anfälle nach dem Abitur seltener wurden und schließlich ganz verschwanden. Aber ein leises Pfeifen aus meinen Lungen konnte ich hin und wieder wahrnehmen, wie ein Warnsignal, auf der Hut zu seinen und meine Asthmageschichte nicht zu vergessen. Zur Sicherheit trage ich bis heute ständig einen Inhalationsspray für den Notfall bei mir. Tatsächlich schlug, wie bereits erwähnt, der Atemabschneider vor einem halben Jahr wieder zu, und der Spray konnte die Luftnot nur für kurze Zeit lindern.

Mundgeruch

Wahrscheinlich hat mich mein asthmatisches Leiden für alles sensibilisiert, was mit dem Atmen zusammenhängt, vor allem für die Qualität der Luft, die man beim Einatmen in sich aufnimmt und beim Ausatmen von sich abgibt. Atemluft kann man auf der Haut spüren, man kann sie auch sehen, wenn es kalt ist, und man kann sie hören, was einem Asthmatiker schrecklich vertraut ist. Man kann sie aber auch Riechen: Der Mundgeruch, der beim Ausatmen verströmt, gehört zu den persönlichen Merkmalen wie Augenfarbe und Form der Nase. Wahrscheinlich könnte man durch eine biochemische Gasanalyse die betreffende Person genauso eindeutig identifizieren wie durch ihren Fingerabdruck oder die biometrische Gesichtserkennung.

Wenn wir von »Mundgeruch« sprechen, so meinen wir die Luft, die durch Rachen und Mund ausströmt und von dort hausenden Ausdünstungen verunreinigt wird und deshalb mehr oder weniger stinkt. Das erinnert an den Begriff des »Pesthauchs«, der nicht nur übel riecht, sondern auch in historisch überlieferter Vorstellung Seuchenkeime überträgt. Irgendwie scheuen wir vor jemandem zurück, der Mundgeruch hat. Ich erinnere mich, wie ein Kollege über einen hohen Politiker sagte, den er einmal zu interviewen hatte: »Der war wirklich ganz nett, aber er hatte Mundgeruch.«

Mir fällt zu diesem Thema die Flötenstunde ein, die ich als Volksschüler bei einem älteren dicklichen Herrn zu überstehen hatte. Er schnaufte mit offenem Mund und sein Atem erreichte regelmäßig mein Nase, obwohl er selbst von seinen Schülern Abstand hielt. Sein Odem roch nach Fäulnis wie Fäkalien in einem Abwasserkanal. Mich beschäftige die Frage, ob seine Blockflöte, auf der er mir die Stücke, die ich zu üben hatte, vorspielte, von diesem Atem nicht angefault würde. So empfand ich Mitleid mit diesem unschuldigen Holz, das noch viel intensiver als ich diesem Pesthauch ausgesetzt war. Und noch nach Jahrzehnten ist das Flötenspiel mit diesem sich wöchentlich wiederholenden Erlebnis verbunden. Alles, was sich sonst noch ereignet hatte, ist vergessen, nur der Mundgeruch dieses Menschen nicht.

Es gibt auch künstlich angereicherten Mundgeruch, der ästhetisch leichter zu ertragen ist. Ich denke hier an einen Redaktionskollegen, mit dem ich mich eine Zeitlang in der Cafeteria des Verlags zur morgendlichen Kaffeepause traf. Wir diskutierten angeregt über tagespolitische Ereignisse, manchmal auch über Kunst und Literatur. Sein Atem roch nach Pfälzer Leberwurst, die er sich zuhause jeden Morgen zum Frühstück aufs Brot schmierte. Ich kann wirklich nicht sagen, dass mir dieser Geruch angenehm gewesen wäre, aber er war immerhin nicht ekelhaft, zumal wir uns begeistert über phantastische Dinge unterhalten konnten.

Andererseits kann der Mund auch wunderbar verlockend riechen, zum Küssen einladen und einen Liebesgeruch verbreiten. Dazu wäre viel zu sagen. Geschäftstüchtige Unternehmer haben es verstanden, mit ihren Produkten den Mund zu einer anziehenden Lustquelle zu machen. Einer der bekanntesten und erfolgreichsten war Karl August Lingner, der Ende des 19. Jahrhunderts in Dresden das Mundwasser »Odol« kreierte. Seine Villa glänzt heute wieder als ein Prunkstück, als „Lingnerschloss", am Weißen Hirsch über der Elbe. Die hygienische Reinheit von Mundhöhle und Zähnen, die Austilgung des Pesthauchs, erwies sich als ein geschäftlich überaus erfolgreiches Motiv.

Vorsingen

Das Vorsingen des Geistlichen in der Kirche hat mich schon immer fasziniert. Ich warte auf den Augenblick, wenn die Orgel schweigt, die Gemeinde in Stille verharrt und sich in das gespannte Vakuum hinein die einsame Stimme des Pastors zum »Kyrieleis« erhebt. Dann enthüllt die Seele ihr Innerstes und zeigt sich ungeschützt in ihrer Blöße. Ich bin beeindruckt von der Verschiedenheit der Vorsänger. Die einen singen mit dünner, zittriger Stimme voller Ängstlichkeit, den richtigen Ton zu treffen, die anderen posaunen wohlgemut und tönend ihre Botschaft in die Welt. Als Protestant finde ich den Gesang katholischer Priester im Allgemeinen in sich ruhender, selbstgewisser, auch geübter als den ihrer evangelischen Kollegen. Aber vielleicht täuscht mich mein Minderwertigkeitskomplex, der von meiner Bewunderung für die sinnlicheren Rituale und die fröhlichere, von Schuldgefühlen (angeblich) weniger geplagte Lebensart der Katholiken herrührt.

Es gibt auch profane Arten des Vorsingens, die mir nicht weniger interessant erscheinen. Ein eigenes Genre bilden die akademischen Probevorträge bei Habilitations- und Berufungsverfahren. Dieser als »Vorsingen« bezeichnete Brauch hat Ähnlichkeit mit seiner klerikalen Variante. Auch hier erhebt ein Mensch einsam seine Stimme vor einer schweigenden Gemeinde. Auch er entblößt seine Seele vor einem Auditorium, das freilich nicht in einen liturgischen Wechselgesang einstimmt, sondern erst am Ende des Vortrags seine Fragen und Anmerkungen loslässt. Auch wenn ich selbst diese Erfahrung des akademischen Vorsingens nicht gemacht habe, da ich auf eine Universitätslaufbahn verzichtete, so hatte ich doch Freunde, die mir aus eigener Erfahrung berichten konnten. Das größte Problem war, den Atem frei durch seine Stimmbänder ausströmen zu lassen, da nur so ein souveräner Auftritt möglich ist. Einer erzählte mir, wie er darunter litt, dass ihm beim Vorsingen die Stimme versagte. Er konnte die für einen angehenden Universitätsprofessor tödliche Schwäche überwinden, indem er bei einer Sängerin Gesangsstunden nahm. Sie brachte ihm die Bauchatmung bei, die physiologisch optimale Bewegung des Zwerchfells, die überhaupt erst entspanntes Ein- und Ausatmen ermöglicht. Nach sechs Stunden war er von seinem Leiden kuriert, ohne auch nur einen einzigen Ton gesungen zu haben.

Das erste Vorsingen erlebte ich als kleines Kind, als Mama uns Kinderlieder vorsang und den kleinen Chor auf dem Klavier begleitete. »A, B, C, die Katze lief im Schnee« oder »Ein Jäger aus Kurpfalz« gehörten zu unseren Favoriten. Sie hatte eine schöne Stimme und sie war auch sonst schön, was mir allerdings erst sehr viel später auffiel, als ich Fotos aus früheren Zeiten betrachtete. Heute glaube ich, dass ganz kleine Kinder noch frei atmen und die Atemverklemmung erst mit ihrer schulischen Erziehung (oder heute in der Kita) einsetzt. Aber wahrscheinlich gehört das nur zum idealisierenden Klischee von der goldenen Kindheit und ist Teil dieser illusionären Paradiesvorstellung.

Die höchste Kunst des Vorsingens ist in der Oper zu bewundern, wo vor allem Sopranistinnen beachtet und gefeiert werden. Die Partie der »Königin der Nacht« mit ihren Koloraturen bis hinauf zum dreigestrichenen C vor einem Festspielpublikum ist der Gipfel aller Vorsing-Kunst. Wenn der Gipfelsturm glückt, entzückt er die Hörer und fordert sie zu Szenenapplaus und am Ende zu Standing Ovations heraus. Missglückt er, macht sich eine tiefe Scham breit, die weder durch Buhrufe noch durch trotzigen Applaus zu beheben ist. Denn das verunglückte Vorsingen erinnert die Hörer an eigenes Unglück und Unvermögen, worauf man als Operngast gerne verzichtet hätte.

Vorsingen ist also ein bewegendes Ereignis. Es kann andere mitreißen und fröhlich stimmen, es kann aber auch niederziehen, ja niederschmettern und traurig machen. Es kann Auftakt zum Jubel, aber auch ein zerstörender Einschlag ins Gemüt sein. Der Klang der Stimme hat magische Wirkung. Wahrscheinlich ist weniger wichtig *was*, welche Worte gesprochen oder gesungen werden, als vielmehr *wie*, in welcher Qualität das geschieht. Das einzige Gedicht, das ich auswendig aufsagen kann, ist Joseph von Eichendorffs »Wünschelrute« :

Schläft ein Lied in allen Dingen,
Die da träumen fort und fort,
Und die Welt hebt an zu singen,
Triffst du nur das Zauberwort .

Die Welt, so meint das Gedicht, singt uns etwas vor, wir müssen sie nur mit dem »Zauberwort« treffen. Dass in den Dingen selbst ein Lied schlafe, ist eine romantische Idee. Aber die Vorstellung ist verlockend, dass die Dinge uns ein Lied singen könnten, wenn unser Wort sie nur treffen würden. Das Gegenteil eines solch erweckenden Gesangs ist für mich das Keuchen und Giemen des nach Luft ringenden Asthmatikers.

Philosophen

Ich habe Philosophie studiert und bin doch kein Philosoph geworden. Schon als Schüler faszinierte mich die Vorstellung, durch inniges Nachdenken der Wahrheit nahezukommen und zu jenem inneren Licht vorzudringen, von dem in Kultur- und Religionsgeschichte so viel die Rede ist. Das Studium brachte mich mit Menschen in Berührung, die sich der Philosophie verschrieben hatten. Sie besuchten Seminare, organisierten Tutorien, schrieben Referate und verfassten schließlich eine Magister- oder Doktorarbeit. Sie sammelten sich um ihre Professoren, eiferten ihnen nach, und es kam öfter vor, dass sie ihre Meister in rührend-lächerlicher Pose imitierten, ohne sich dessen bewusst zu sein. Der Wille, die Welt zu verstehen und dadurch zu bezwingen, war in den Konventikeln, die sich damals gebildet hatten, überaus stark. Hin und wieder entstanden zwischen Lehrenden und Lernenden unglückliche Beziehungen, wenn enttäuschte Liebe in Hass umschlug. Das konnte passieren, wenn ein Student all seine Liebe auf den von ihm verehrten Weltweisen richtete und dieser kaum Notiz davon nahm, dass da jemand ein Stück seines Lebens für ihn geopfert hatte. So spielten sich am Philosophischen Seminar Dramen ab, die in ihrer Intensität Eifersuchtsdramen des Geschlechtslebens in nichts nachstanden.

Solche oft nur angedeuteten Schauspiele zu beobachten fand ich mindestens ebenso lehrreich wie den Unterrichtsstoff selbst. Wenn junge Menschen zwischen zwanzig und dreißig sich um das Objekt ihrer Liebe scharen, dessen charismatischen Ausstrahlungen sie in sich aufnehmen wie die Gemeinde in der Pfingstgeschichte den Heiligen Geist, entsteht ein besonderes Kraftfeld. Ich konnte es selbst in einem Oberseminar physisch spüren. Im engen Übungsraum saßen die Eleven dicht gedrängt um einen langen, aus Einzelstücken zusammengesetzten Tisch, an dessen Stirnseite der scheu wirkende Professor residierte. Mit seinen inhaltsschweren Sätzen, die er mit leiser und eindringlicher Stimme druckreif formulierte, schlug er die Seminaristen in seinen Bann. Wir konnten zusehen, wie der kleine Mann wundervoll über sich hinauswuchs.

Der Glaube, die Hoffnung, die Sehnsucht, die unordentliche Welt um sich herum durch bloße Denkarbeit in bestimmte Modelle zwingen zu können, war überwältigend. Vor allem Hegels Dialektik bot sich für diesen Akt der Bemächtigung an. So bekam ich einen Eindruck von der Macht des Geistes über unser Leben und die fragwürdige Möglichkeit, sich zum Denker zu formen und am eigenen Schopf aus dem Sumpf der intellektuellen Nichtigkeit zu ziehen. Ich entdeckte die Schattenseite des Philosophierens. Je stärker sich die Philosophen auf ihre Arbeit konzentrierten (und sie waren ständig dabei, dies zu tun), umso mehr blendeten sie alles aus, was ihrer Modellrechnung hätte widersprechen können. Sie wandten sich von der übrigen Welt ab, um im eigenen Zirkel eine scheinbar glänzendere zu erschaffen. Sie produzierten mit logischer Gedankenverkettung und raffinierter Eloquenz Textgebilde von eigenartiger Schönheit und Stringenz. Bald aber erschienen mir diese Gespinste als Resultat einer krampfhaften Sinnsuche, die auf höchster Geistesanstrengung beruhte und zugleich in ihrer Künstlichkeit die Welt in ein Korsett presste. Ich dachte: Ihr legt Euch selbst ein Korsett um, das Ihr von mal zu mal fester zuschnürt, sodass ihr am Ende jene Schnürbrüste bekommt, die in früheren Zeiten als Zeichen weiblicher Schönheit galten, jedoch das freie Atmen blockierten. Ich fand diesen Vergleich nicht unpassend. Die Verinnerlichung eines theoretischen Gebäudes führt zwangsläufig zu einer bestimmten Formung und damit auch zur Gefahr einer dauerhaften Verformung. Wenn Philosophie die Liebe zur Weisheit bedeutet, so pervertiert sie zur Unfreiheit, wenn sie als totalitäre Lehre missverstanden wird. Ja, sie kann dann abgrundtiefen Hass gegenüber Allem erzeugen, was dieser Lehre widerspricht.

So genoss ich das studentische Philosophen-Dasein, ohne es blutig ernst zu nehmen. Mit mir war einfach kein System zu machen, ohne das nun mal die Philosophie, die in Seminaren gelehrt und in Klausuren geprüft wird, nicht existieren kann.

Psychoanalytiker

Eine Zeitlang war ich von der Psychoanalyse fasziniert. Die Seelenzergliederung versprach tiefe Einblicke in die dunklen Abgründe des Unbewussten. Ich stellte sie mir wie eine Fahrt mit der Geisterbahn vor, bei der man überraschend mit schauderhaften Fratzen und Skeletten konfrontiert wird, die einem aber nichts anhaben können. Ich las Sigmund Freuds Hauptwerk »Die Traumdeutung« und andere seiner Schriften, deren sprachliche Brillanz mich beeindruckte. Freud, Adler, Jung, Groddeck und andere Protagonisten der psychoanalytischen Bewegung fanden seinerzeit Beachtung in philosophischen Seminaren. Dort wurden sie durch französische Theoretiker wie Foucault, Ricœur und Lacan überholt, die einen unglaublichen Charme auf Linksintellektuelle ausübten.

Ich spielte mit dem Gedanken, eine Lehranalyse zu beginnen, um in diese geheimnisvolle Wissenschaft eingeweiht zu werden. Die Aufnahmeregeln waren streng. Der Aspirant musste drei Interviews erfolgreich absolvieren, um die Pforte zur Lehranalyse zu durchschreiten und dermaleinst, wenn alle Bedingungen erfüllt waren, selbst als Analytiker tätig werden zu können. Es gelang mir, drei zuständige Personen ausfindig zu machen, die bereit waren, mich zu »interviewen«. Was kann ich hierzu sagen? Diese Interviews waren allesamt eine Katastrophe, markante Beispiele für ein missglücktes Gespräch. Die drei Analytiker, darunter eine Frau, reagierten misstrauisch bis ablehnend, als ich ihnen erzählte, dass ich mich mit Sigmund Freuds »Traumdeutung« befassen würde. Sie interessierten sich für anderes. »Jetzt erzählen Sie mal, wie Sie zu Ihrer Mutter stehen«, bog ein Analytiker meine Ausführungen zu meiner Freud-Lektüre ab. Was sollte ich ihm aber nun von Mama erzählen? Das Problem war, dass ich gar keine Lust hatte, diesem etwas dicklichen Herrn mit öligem Haar und zerfurchtem Gesicht etwas von Mama preiszugeben. So schleppte sich das Gespräch mühsam über die vorgeschriebene Zeit, an deren Ende der Lehranalytiker zu seiner Absicherung die Frage stellte: »Was würden Sie tun, wenn Sie abgelehnt würden?« Ich antwortete darauf mit spontanem Trotz: »Ich würde so weiter machen wie bisher!« Ich zeigte also keine Spur einer persönlichen Krise oder emotionalen Kränkung mit traumatischen Folgen. Der Analytiker war beruhigt. Seine Ablehnung meines Begehrens würde den Richtigen treffen.

Das zweite Interview war an Peinlichkeit kaum zu überbieten. Ein bekannter Analytiker aus Frankfurt war bereit, mich zu vernehmen. Ich reiste rechtzeitig mit dem Zug an, um zum vereinbarten Termin am Eingang seiner Villa in einem vornehmeren Stadtviertel auf den vergoldeten Klingelknopf zu drücken. Die Gegensprechanlage und der elektrische Türöffner funktionierten und der Hausherr begrüßte mich mit Hosenträgern über seinem modisch gemusterten Hemd. Ich erinnere mich nicht mehr genau, ob er mir die Hand gab. Jedenfalls wandte er sich, noch bevor er mir einen Sitzplatz anbot, zu seinem Schreibtisch und langte nach einem Bleistift. Der fiel auf den Boden und rollte unter das Möbel. Daraufhin beugte er sich, um ihn aufzuheben, und streckte mir seinen Allerwertesten direkt entgegen, ziemlich lange, wie ich fand. Endlich hatte er den Bleistift irgendwie aufgefischt und setzte sich dann hinter den Schreibtisch, um diesen erst einmal zu spitzen. Den Rest dieser Sitzung habe ich vergessen, sie verlief insgesamt so »disruptiv«, wie man neuerdings sagen würde, wie sie begann.

Das dritte Bewerbungsinterview führte eine Analytikerin durch. Daran kann ich mich am wenigsten erinnern – vielleicht ein Zeichen für eine halbwegs passable Begegnung. Die Frau machte einen bescheidenen Eindruck, empfing mich in ihrer Wohnung. Eine hohe dunkle Standuhr zierte eine Ecke des Praxisraums, sodass sie immer das verbleibende Zeitbudget im Blick hatte. Aber auch hier empfand ich eine Dumpfheit, ein Desinteresse für das, was ich betrieb und was mich bewegte: nämlich die gedankliche Durchdringung psychoanalytischer Lehren. Der Ablehnungsbescheid kam dann einige Wochen später per Post. Die Deutsche Psychoanalytische Vereinigung (DPV) hatte erfolgreich einen für sie ungeeigneten Kandidaten abgewehrt und mich (Gott sei Dank, kann ich im Rückblick sagen) vor ihren Fängen bewahrt.

Später nahm ich an einer Selbsterfahrungsgruppe teil, die von einem Analytiker lege artis geleitet wurde. Als Mitglied der DPV war er auch als Lehranalytiker anerkannt. Einmal in der Woche traf sich die Gruppe von acht Leuten pünktlich um 18 Uhr in einem Raum der örtlichen Zweigstelle des Vereins, die in einer Jugendstilvilla residierte. In einem Kreis angeordnete Polsterkissen auf dem Boden, große abstrakte Bilder an der Wand, ein dezenter Bücherschrank im Hintergrund gegenüber den hohen Altbau-Fenstern auf der Gegenseite, durch die man ins Grüne schaute. Man sollte es sich bequem machen und sich gehen lassen. Herr Dr. Deinhof, der Analytiker, war schlank und durchtrainiert, hatte fein geschnittene Gesichtszüge und eine hohe Stirn. Seine geschwungenen Lippen kamen mir wie die Pforte zu einem Orakelmund vor, auf dessen Verlautbarungen alle Sitzungsteilnehmer ständig gespannt waren. Sie kamen als Fragen daher, hatten aber den Charakter von Aussagen und manchmal auch Urteilen. Irgendwie hatte dieser Dr. Deinhof den absoluten Durchblick und schien mehr zu wissen als alle in der Gruppe zusammen.

Mir wurde bald klar, wie die Gruppendynamik in dieser Polsterkissen-Runde funktionierte und wodurch sie ständig befeuert wurde. Entscheidend war das Zeigen von Emotionen, wobei die negativen wie Hass, Wut und Verzweiflung im Vordergrund standen, während Liebe, Zärtlichkeit und Gottvertrauen keine Rolle spielten. Ich bemerkte, wie der Analytiker richtig aufblühte, wenn ein Sitzungsteilnehmer – überwiegend handelte es sich dabei um Teilnehmerinnen – zu schluchzen anfing und in Tränen ausbrach. Offenbar war das ein Zeichen, dass sich die Selbsterfahrung auf dem richtigen Wege befand und Dr. Deinhof nach den Regeln seiner Kunst die betreffende Person an den wunden Punkt ihrer Seele herangeführt, ihren Nerv getroffen hatte. Ich war bei diesem Schauspiel hin- und hergerissen. Einerseits bewunderte ich die heulende Person, dass sie so sehr aus sich herausgehen konnte, und beneidete sie ein bisschen, wenn sich der Analytiker und die anderen Gruppenmitglieder ihr liebevoll zuwandten. Andererseits verabscheute ich das Theater, dass so wenig Wert auf geistige Disziplin und intellektuelles Vergnügen setzte. So wurde mir bald klar, dass Jammern und Weinen unbedingt gut waren und belohnt wurden, wohingegen Lachen und witzige Bemerkungen schlecht waren und bestraft wurden. Mehr als einmal hielt mir Dr. Deinhof eine großen Spiegel vor, den er immer griffbereit in seiner Nähe hatte.

»Schau in den Spiegel, was siehst du da? Du hast eben von einem ernsten Vorfall erzählt und grinst dabei?!« So konfrontierte er mich mit meinem emotionalen Defizit. Allmählich lernte ich, die Rolle eines Außenseiters zu spielen. Beim besten Willen gelang es mir kein einziges Mal zu schluchzen oder zu weinen, wo doch rings um mich die Tränen flossen und traurige Geschichten dazu erzählt wurden. Unvergessen wird mir bleiben, wie nach zwei Jahren die allerletzte Sitzung endete. Ich weiß nicht mehr genau wie es dazu kam, dass mich jemand anbrüllte: »Du bist doch ein Arschloch!« Und als Dr. Deinhof dann hören wollte, was seine Schäfchen so weiter vorhätten, sagte ich ihm, dass ich kein Psychotherapeut oder etwas Ähnliches werden wolle. »Gott sei Dank«, meinte er daraufhin und atmete erleichtert auf. Sicher war er davon überzeugt, dass ein Mensch mit so geringer Tränenkapazität wie ich von der Psyche therapiebedürftiger Menschen fernzuhalten sei.

Tischgesellschaft

Der Speisesaal war geräumig und mit quadratischen Holztischen ausgestattet, die jeweils mit vier Stühlen bestückt waren. Diese waren ebenfalls aus Holz und mit flachen, grünlich gemusterten Sitzpolstern versehen. Die Klienten oder Gäste (von »Patienten« war auffallend wenig die Rede, als wäre diese Bezeichnung schädlich für ihre Kur) saßen also bei den Mahlzeiten in Vierergruppen zusammen. Die Sitzordnung war auf einer Tafel am Eingang ausgehängt, sodass jeder wusste, wohin er gehörte. Ich war kein Freund solcher Gängelung des Miteinanders. Denn die Aussicht, mit gewissen Zeitgenossen, die einem auf die Nerven gehen, tagtäglich beim Essen konferieren zu müssen, erschien mir wenig erfreulich. Hier meldete sich dieselbe Scheu, wie ich sie verspüre, wenn bei Konzerten oder Vorträgen die äußeren Plätze der Sitzreihen schon belegt sind und ich mich gezwungenermaßen zwischen Menschenleibern platzieren muss. Ich fühle mich dann festgenagelt und von der Möglichkeit abgeschnitten, beizeiten das Weite zu suchen. Aus demselben Grund strebe ich auch bei Bahn- oder Flugreisen immer die Plätze am Gang (oder Aisle, wie es in der Luftfahrt heißt) an. Damit bewahre ich mir, so bilde ich mir ein, bei allen Zwangsläufigkeiten doch ein Stückchen Freiheit. Etwa die Freiheit, noch rechtzeitig die Bahn nach Hause zu erreichen, wenn ich im Konzertsaal sitze, der exakt sieben Gehminuten vom Hauptbahnhof liegt. Der blau livrierte Angestellte kennt mich schon und weiß, dass ich am Rande der Arena sitze und pünktlich um zwanzig vor zehn den Saal verlassen werde. Auf leisen Sohlen kommt er dann geschlichen, begleitet mich zur Ausgangstür, die er unhörbar öffnet und hinter mir schließt, während das Orchester im letzten Satz der Symphonie schwelgt und das Publikum regungslos und scheinbar atemlos zurückbleibt. Mit dem Triumphgefühl des Befreiten erreiche ich dann den Bahnsteig und habe sogar noch genügend Zeit, mir vorher eine Butterbrezel zu kaufen.

Offenbar folgte die Sitzordnung im Speisesaal der Idee der Bunten Reihe. An fast allen Tischen waren zwei Herren und zwei Damen vorgesehen, auch an meinem. Mir gegenüber war Herr Kraushaar positioniert, ein Polizeikommissar im Ruhestand, dessen frische Hautfarbe und hünenhafte Gestalt nicht recht zu seinem äußerst hartnäckigen Asthmaleiden passen wollte. Zu meiner Rechten saß Frau Kleinstrauch, deren Äußeres ihrem Namen alle Ehre machte. Sie war klein gewachsen und hatte etwas Strauchartiges an sich. Jedenfalls stand ihr das üppige Haar wirr vom Kopf ab, was mir wahrscheinlich weniger aufgefallen wäre, wenn sie Lehmann oder Müller geheißen hätte. Sie litt an einer bisher nicht heilbaren Allergie der Oberen Luftwege, was sich vor allem durch Heuschnupfen und Entzündungen der

Nasennebenhöhlen bemerkbar machte. Zu meiner Linken war Frau Engelmann platziert, eine jüngere Dame, die von Gelenkrheumatismus und einem Herzklappenfehler geplagt war und in der Runde wohl die sensibelste Person war. Ich fand sie auf Anhieb (was für ein deutsches Wort!) sympathisch. Es hätte mich schlimmer treffen können, dachte ich. Mit diesen drei Leuten würde ich zurechtkommen. Ich hoffte nur, dass sich unsere Unterhaltung nicht nur um Essen und Krankheiten drehen würde. Aber das tat es, zumindest die erste Zeit. Wir hatten gleichzeitig unsere Kur in der Klinik angetreten, so dass wir alle auf demselben Kenntnisstand waren, was unsere Unterhaltung beflügelte.

Katharina Engelmann, die sich mit »Kate Engelmann« vorstellte, war, wie man so sagt, alleinstehend. Sie war Studienrätin für Englisch und Deutsch an einem Gymnasium in einer schwäbischen Kleinstadt und machte keinerlei Anstalten, ihren vom Dialekt geprägten Zungenschlag abzumildern oder gar zu verbergen. Die meisten Schwaben, so meine Erfahrung oder mein Vorurteil, waren nicht in der Lage, ihn zu korrigieren und so bekam man den Eindruck, dass sie das auch gar nicht wollten. Bei Kate ist das anders, dachte ich. Sie könnte ihr Schwäbeln wegstecken, hatte aber wohl ihre Gründe, es in kultivierter Form zu zelebrieren. Das hatte etwas Witziges an sich, denn bei Allem, was sie sagte, hörte man einen gewissen Unterton mitschwingen, der im Sprachklang eine ironische Spannung erzeugte. Ich war fasziniert. Ich kannte mich durch Ferienaufenthalte und journalistische Dienstreisen ein wenig im Schwabenland aus und hatte vor diesen Landsleuten Respekt, wahrscheinlich mehr, als in den meisten Fällen angebracht gewesen wäre. Beim ersten Zusammentreffen der Tischgesellschaft am Tag der Ankunft hatte ich die bekannte Strophe gegenüber unserer Schwäbin zum Besten gegeben, die Ende des 19. Jahrhunderts von einem Schwaben gedichtet wurde und seither unzählige Male zitiert worden ist:

> *Der Schelling und der Hegel,*
> *der Schiller und der Hauff,*
> *das ist bei uns die Regel,*
> *das fällt hier gar nicht auf.*

»Das ist ja großartig, dass Sie sich die Strophe gemerkt haben«, sagte sie. »Sie ist sehr populär bei uns.«

»Das stimmt«, antwortete ich lachend. »Ich habe sie einmal bei einer abendlichen Stadtführung in Tübingen gehört und nie mehr vergessen. Die resolute Gästeführerin (einfach ›Führerin‹ sagt man ja heute nicht mehr) erzählte, während wir durch enge, dunkle Gassen marschierten, so packend und lebendig, dass es mich nicht überrascht hätte, wenn Hölderlin persönlich um die Ecke gebogen wäre. Übrigens heiße sie so, wie schon ihr Name besage, meinte sie zur Begrüßung der Gruppe: ›I heiß Vorndran, weil i jetzt vorndra geh‹.«

Kate Engelmann musste ebenfalls lachen. »Ja, so sind unsere Leute«, sagte sie. Ich verzichte in meinem Bericht fortan auf eine Transkription der phonetischen Eigenheit von Mundarten. Der Leser kann sie aus dem Kontext der Zitate erschließen und in seinem inneren Ohr erklingen lassen.

Helmut Kraushaar, der Polizist im Ruhestand, saß mir gegenüber, sodass ich ihn immer direkt im Blick hatte. Er verfolgte das Geplänkel mit wohlwollendem Lächeln. Er stammte aus der Nähe von Kaiserslautern und sprach ein gehobenes Pfälzisch. In den Ohren von Pfälzern klang das wie Hochdeutsch, in den Ohren von Hochdeutschen, sagen wir einmal Hannoveranern (und Hannoveranerinnen), klang seine Sprache wie ein süddeutscher Dialekt, den man nicht genauer lokalisieren konnte. Er war verheiratet, hatte heranwachsende Enkel, von denen einer bereits vor dem Abitur stand. Er wollte jeden Tag mit seiner Frau skypen, um die Fortschritte auf beiden Seiten zu besprechen: Sie würde über die Neuigkeiten aus ihrem Kräuter- und Gemüsegarten berichten, er über die Heilwirkungen der Kur auf sein Asthma.

»Ich hoffe, dass die Bronchien durch die Seeluft wieder frei werden«, bemerkte er. Man hörte die gepressten Geräusche, das Giemen, wenn er atmete, und ich wurde an meine eigene Krankheit erinnert, auch wenn bei mir die Enge nicht so beklemmend war wie bei ihm. Ich hatte Mitleid mit ihm. Wirkliches Mitleid gibt es nur, wenn man das Leid eines anderen auch am eigenen Leib erfährt oder erfahren hat. Das war bei Helmut Kraushaar der Fall. Ich litt mit ihm, weil ich wie er den Würgegriff kennengelernt habe, der die Lunge von der Luft abschnürt.

»Ich werde morgen Nachmittag in die Sauna gehen, das tut mir gut«, sagte er. »Ich brauche vor allem die Aufgüsse, um besser Luft zu bekommen. Die gibt es dort zur vollen Stunde.« Dabei schaute er mich an, als wolle er auch mir diese Prozedur empfehlen, schwieg aber diskret. Ich war ihm dankbar dafür, denn nichts hätte mich mehr gestört, als eine lauthals verkündete Empfehlung, seinem Vorbild zu folgen.

Nikola (»Niki«) Kleinstrauch war Mitte Fünfzig, Universitätsprofessorin für Gender Studies, erst vor wenigen Jahren hatte sie – als Feministin hatte sie lange gezögert – einen 15 Jahre älteren Mann geheiratet. Aber das hatte an ihrer Neurodermitis und den immer wieder aufblühenden Ekzemen nichts geändert, an denen sie seit ihrer Jugendzeit litt. Sie war als einzige am Tisch kein Neuling in dieser Klinik. Im Abstand von jeweils drei Jahren war sie bereits zum dritten Mal hier. Sie war klein und abgesehen von den krankhaft geröteten und aufgekratzten Hautpartien ziemlich blass, ein Nervenbündel.

»Mein Mann wird mich an einem Wochenende besuchen«, verkündete sie bei der ersten Zusammenkunft. Dieser Mann scheint ja für sie äußerst wichtig zu sein, dachte ich. Dass sie Professorin für Gender Studies sei, verriet sie uns erst später.

Das also war meine Tischgesellschaft. Mal sehen, was daraus wird, dachte ich. Das Ensemble der zum Abendbrot Kräutertee trinkenden Kurgäste erinnerten mich an Abspeisungen in Landschulheimen und Jugendherbergen während meiner Gymnasialzeit. Das aggressiv ausströmende Aroma des Pfefferminztees lag auch hier in der Luft, ein Déjà-vu oder genauer gesagt Déjà-senti.

Hugos Zoo

Schon nach wenigen Mahlzeiten hatten ich mich an meine Tischnachbarn gewöhnt, an ihre Gesichtszüge, Kopfform, Körpergestalt, Sprechweise, wahrscheinlich auch an ihren Geruch, denn ich saß ja in einem Dunstkreis, der unsichtbar das Quadrat des Tisches umfing. Neben der heute praktizierten digitalen Gesichtserkennung gibt es noch eine andere Kunst, die seit Jahrhunderten und Jahrtausenden geübt wird: die Physiognomik. Sie will aus Kopf- und Gesichtsformen auf bestimmte Charaktereigenschaften schließen. So wurden edle von unedlen, gute von bösen und genialische von dummen Menschen unterschieden. Der Vergleich mit gewissen Tierarten, denen man bestimmte Eigenschaften zuschrieb, die auch für Menschen charakteristisch seien, wie Klugheit oder Habgier, sollte über den Charakter eines Menschen Aufschluss geben.

Es gibt ein köstliches Kinderbuch, das mit englischem Humor vorführt, wie der Schatten des menschlichen Körpers sein tierisches Wesen offenbart. »Hugos Zoo« zeigt den kleinen Hugo, der so gerne in den Zoo gehen möchte.

Aber niemand ist bereit, ihm den Wunsch zu erfüllen. Da macht er einen Streifzug durch die Umgebung und entdeckt in den Schatten der Menschen aufregend Tierisches: Onkel Oskars Schatten zeigt die Umrisse eines Flusspferds, die spindeldürre Tante Jolande zeichnet sich als Giraffe ab und Hugos Mutter als dickes Huhn, Frau Humpelmeier wirft den Schatten eines Kamels, und Arthur Farnum, der aus einer Kellerluke auftaucht, entpuppt sich im Schattenriss als Maulwurf. Als Hugo nach Hause kommt, fragt ihn die »Frau Müller von nebenan«, ob er morgen zusammen mit ihren Kindern in den Zoo gehen möchte. Da lächelt er und sagt: »Nein, danke, Frau Müller, im Zoo bin ich eben *gewesen*«.

An dieses großartige Bilderbuch musste ich in unserer Tischrunde denken. Wer warf welchen Tierschatten? Bei zwei Tischnachbarn war mir vom ersten Augenblick klar, wen ich vor mir hatte. Herr Kraushaar war ein mächtiger Braunbär, tapsig und gutmütig, aber keineswegs ein Teddybär. Frau Engelmann erschien mir als eine Wildkatze, die stolz und geschmeidig ihre Umwelt durchstreift, intelligent, weich und zugleich sprungbereit und wehrhaft. Bei Frau Professor Kleinstrauch fiel mir aber die Zuordnung schwerer. Glich sie nicht einem Pfauenkranich in Kleinformat, einem Kronenkranich en miniature? Spitzer Schnabel, Federkrone, dünner, gebogener Hals, stechende Augen. Vielleicht war mein Blick ungerecht. Aber verhielt sie sich nicht so, wie sie aussah, nämlich spitz, aufbauschend, humorlos? Vielleicht tut man Pfauenkranichen unrecht. Wer sich in der Geschichte der Physiognomik umsieht, erkennt schnell, wie ungerecht sie gegenüber Tieren (abgesehen von den Menschen) ist. Die Problematik war mir vertraut, da ich vor Jahren einen Essay in meinem Feuilleton über »physiognomische Stigmatisierungen in der Kulturgeschichte« veröffentlicht hatte.

Braunbär, Wildkatze, Pfauenkranich – welches Schattentier steckt in mir selbst? Das Verrückte ist, dass wir uns selbst nie objektiv sehen, uns nie tatsächlich begegnen können. Nur unser Spiegelbild können wir sehen, ein verkehrtes Bild. Ich gab es auf, meinen eigenen Schatten lesen zu wollen. Die anderen würden ja unwillkürlich ähnliche Beobachtungen anstellen und mich vielleicht als Stier oder Hammel identifizieren. Wenn ich an den berühmten Physiognomiker Della Porta aus dem 16. Jahrhundert denke, wäre mir natürlich am liebsten die Ähnlichkeit mit einem Windhund. Denn wer so aussehe, meinte der Naturforscher, sei klug und verfüge über einen Spürsinn wie Platon. In seinen vergleichenden Illustrationen scheint Platons Kopf mit einiger Phantasie tatsächlich dem eines Windhundes zu ähneln.

Solche geheimen Schattenspiele können zu einem Zwang ausarten. Gerade in den ersten Tagen des Klinikaufenthalts ließ ich meinen Phantasien weit über meine Tischgesellschaft hinaus freien Lauf. So glich der dicke Oberarzt mit Schnauzbart einem Seehund, dessen glitschige Hand mir wie eine Flosse vorkam, als ich sie ihm bei unserer ersten Begegnung drückte. Dann verlor diese Art des phantastischen Sehens ihren Reiz. Ich hatte meinen Privatzoo aufgestellt und mich an ihn gewöhnt. Ist diese Stufe der Wahrnehmung erreicht, verblassen die Schatten allmählich und ziehen sich auf ihre Spender zurück. Die Irritationen schlummern ein, können aber jederzeit wieder aufwachen.

Inhalieren

Ich möchte den Leser nicht mit einer minutiösen Darstellung des Therapieplans und seiner Durchführung langweilen. So sehr die »Anwendungen« einen auch beschäftigen, irritieren oder gar belästigen mögen, so schnell verlieren sie in der Erinnerung ihre Schärfe und lösen sich bis auf markante Reste auf. Ich gehöre nicht zu denen, die jede kleine Unebenheit oder Rempelei im Gedächtnis speichern, um sie dann bei jeder sich bietenden Gelegenheit abrufen zu können. Wahrscheinlich habe ich mich schon als Kind dafür entschieden, Unangenehmes zu vergessen und Angenehmes zu behalten. Wie gesagt hatte ich als Kind das Inhalieren mit anschließender Massage in einer Kur genossen und die Erinnerung daran hochgehalten. So freute ich mich, als ich auf meinem Stundenplan »Inhalieren« und daran anschließend »atemtherapeutische Massage« (zweimal die Woche) entdeckte. Zurückfallen dürfen auf Kindheitserlebnisse kann lustvoll sein.

Die Inhalationskabinen in der Bäderabteilung waren ausgestattet mit einem Zerstäubungsapparat, der auf einem

Wandregal stand, einer schlichten Liege, einem kombinierten Wäsche- und Medikamentenschrank sowie einem flexibel einstellbaren Stuhl für die behandelnde Person. Ich saß auf dem Flur auf einer Bank und wartete zur angegebenen Zeit auf meine »Anwendung«. Eine schlanke und zugleich stämmig wirkende Frau Mitte dreißig kam auf mich zu und begrüßte mich mit Handschlag.

»Sie sind heute zum ersten Mal hier, willkommen in unserer Abteilung. Mein Name ist Ayla Yildiz«, sagte sie und deutete lächelnd auf ihr Namensschild. Natürlich wusste sie, dass ich mir diesen Namen nur merken konnte, wenn ich ihn schriftlich vor mir sah. »Ein türkischer Name«, fügte sie hinzu.

Sie führte mich in eine freie Kabine und bat mich, den Oberkörper jetzt schon für die Atemgymnastik nach der Inhalation freizumachen. Sie rollte auf der Liege eine frische Papierunterlage aus, worauf ich mich zu legen hatte, deckte den Oberkörper mit einem breiten Handtuch ab und setzte mir die Atemmaske über Nase und Mund auf.

»Bitte heben Sie den Arm, wenn irgendetwas stört. Ich stelle gleich den Inhalationsapparat an, das Geräusch sollte sie nicht irritieren. Atmen Sie entspannt und ruhig ein und aus. Es ist am Anfang hilfreich, wenn Sie beim Einatmen auf drei zählen, dann die Luft anhalten und auf drei zählen, und dann beim Ausatmen wieder auf drei zählen. Wie schnell oder langsam Sie zählen, bleibt Ihnen überlassen. Zählen Sie so, dass Sie sich dabei wohlfühlen.«

»Ich will's versuchen«, antwortete ich gehorsam. Was bleibt auch anderes übrig, als sich dem Regime dieser Ayla

Yildiz zu unterwerfen, dachte ich und ergab mich in mein Schicksal.

Der Inhalationsapparat lief leise und produzierte brav den Sprühnebel, der nach Heilkräutern roch und Bronchien erweiternde und schleimlösende Teilchen mit sich führte. Meine Lunge saugte diese angereicherte Luft begierig ein und ich spürte, wie das asthmatische Dauergefühl der Enge nachließ. Oder bildete ich mir das nur ein? Jedenfalls fühlte ich mich nach der 15-minütigen Inhalation wunderbar befreit, auch wenn das Giemen noch nicht ganz verschwunden war. Aber die Atemluft strömte jetzt freier ein und aus, ohne dass ich etwas dazu tun musste.

»Sie werden merken, wie Ihre Atemfreiheit bei jeder Inhalation zunehmen wird. Dass Sie jetzt schon eine Wirkung spüren, ist ein gutes Zeichen«, sagte Ayla, nachdem sie das Gerät abgestellt und mich nach meinem Befinden gefragt hatte.

Bevor sie zur Atemgymnastik überging, erzählte sie – als eine in Deutschland geborene und aufgewachsene Person, wie sie vorausschickte – ein bisschen von ihrem türkisch-kurdischen »Migrationshintergrund« (Vater Türke, Mutter Kurdin), ihrer Distanz zum Islam, ihrer Ablehnung des Kopftuchzwangs. »Ich bin froh, in Deutschland zu leben und hoffe, dass hier nicht eines Tages dieselben Zustände herrschen, wie in dem Land, in den Ländern, aus denen meine Eltern kommen.«

Dann begann sie mit der Atemgymnastik. Ich musste den Gürtel lockern und mit bloßem Oberkörper nach ihrem Kommando atmen. Entscheidend sei die Bauch- oder

Zwerchfellatmung, erklärte sie. Auch Nicht-Asthmatiker hätten chronische Atembeschwerden, wenn sie nur mit Hilfe ihrer Rippenmuskulatur die Lunge belüfteten. Das Zwerchfell als Mittelpunkt des ganzen Körpers sei das physiologische Zentralorgan. Nicht nur im Hinblick auf das Atmen. Nach einer Lehre der alten Griechen sei es sogar der Sitz der Seele. Und dieser Seelenbewegung solle man sich hingeben. Ich staunte, was diese Ayla so alles wusste und nahm ihre Rede dankbar in mir auf. Wenn man halbnackt hingestreckt auf einer Liege das richtige Atmen lernen soll, ist es ratsam, Anweisungen unverzüglich zu verinnerlichen und keine kritischen Einfälle aufkommen zu lassen. Als sie nach einiger Zeit eine Meditationsmusik zu meiner Bauchatmung abspielte, glitt ich vollends in einen wohligen Halbschlaf. Diese Musik sei auch für Yoga-Übungen geeignet, erklärte sie.

Am Schluss rieb sie mir den Oberkörper im Sitzen mit einer mentholhaltigen Flüssigkeit ein, die auch heilsam für die Bronchien sei. Dann durfte ich Hemd und Pulli wieder anziehen. Dieser Schlussakt fiel im Vergleich zu jener Kur in Bad Reichenhall enttäuschend aus. Die Abreibung meines Knabenkörpers mit Franzbranntwein hatte doch eine ganz andere Qualität gehabt.

Der Hauptstadt-Komplex

Ich höre wenig Radio. Der einzige Sender, den ich täglich für ein paar Minuten einstelle, ist der Deutschlandfunk, wenn nach den Nachrichten um neun Uhr und der »Verkehrslage« das »Kalenderblatt« ausgestrahlt wird. Nach der Litanei der Staumeldungen auf Deutschlands Autobahnen empfinde ich das »Kalenderblatt« als Oase in der Wüste des Äther-Smogs. Die Sendung zum 225. Todestag von Georg Forster frischte meine historischen Kenntnisse auf: die Mainzer Republik als erstes demokratisches Staatsgebilde, das von preußischen Truppen rasch wieder beseitigt wurde; die zur Terrorherrschaft ausgeartete Französische Revolution; das armselige Lebensende des 39-jährigen Naturforschers und Revolutionärs in Paris. Ich erinnere mich auch an den Augenblick, als ich zum ersten Mal seinen Namen hörte – damals, als mir eine Kollegin während einer langen Busfahrt begeistert von diesem Mann vorschwärmte.

»Die Lage war noch nie so ernst« pflegte Konrad Adenauer einst zu sagen. In der Vergangenheitsform »war« lag ein beruhigender Unterton, der seinen Alarm abmilderte – der geniale Trick eines Künstlers der kargen Sprache. Der Alte wurde verstanden und die Mehrzahl der Menschen im gebeutelten Restdeutschland vertrauten ihm. Im heutigen Gesamtdeutschland, das nun schon eine Generation lang »wiedervereinigt« ist, sucht man nach solchen politischen Wortführern vergebens. Die Verhältnisse haben sich gewandelt, wir leben in einer anderen Zeit. Die Berliner Republik hat Platz genommen.

Da sitzt sie nun in ihrem prächtigen Sessel, dessen zerfetzte Sitzfläche großartig aufgepolstert wurde und ständig weiter aufgepolstert wird, und lässt sich von aller Welt bewundern. Seht her, scheint sie zu rufen, »die Hauptstadt« gibt die endgültige Antwort auf die ewige »deutsche Frage«. Berlin bleibt Berlin. Jedenfalls gilt dies für das Selbstwertgefühl der tonangebenden Hauptstadtbewohner. Sie können sich einfach nicht vorstellen, dass die Provinzler draußen im Lande »die Hauptstadt« nicht über Alles lieben und bereit sind, dafür, wenn auch nicht mehr Leib und Leben, so doch einen beträchtlichen Teil ihres Hab und Guts zu opfern. Im Grunde ist dieser Hauptstadt-Komplex seit Gründung des Deutschen Kaiserreichs virulent und durch diverse Systemwechsel hindurch konstant geblieben. Der Komplex sollte in einem absoluten Höhepunkt gipfeln und dort seine unüberbietbare Grandiosität ausleben: durch den Ausbau Berlins zur Welthauptstadt »Germania« nach den visionären Plänen von Albert Speer. Bekanntlich endete der imaginäre Höhenflug kurze Zeit später mit einer total realen Bruchlandung, die kaum einen Stein auf dem anderen ließ.

Aber es stellte sich bald heraus, dass man vom alten Hauptstadt-Komplex keineswegs geheilt war. Er spaltete sich nur im Sinne der neuen Machtverhältnisse und der Frontlinie des Kalten Kriegs auf. Die »Hauptstadt der DDR« übernahm als Rumpfgebilde die alte Rolle des Ansaugens oder Aussaugens der Ressourcen des von ihr regierten Landes zwischen Elbe und Oder, während Westdeutschland mit Hilfe der mit ihm verbündeten Siegermächte Westberlin als Insel der Freiheit im sowjetischen Herrschaftsbereich behauptete. Das »Notopfer Berlin« war eine Zeitlang als zusätzliche Briefmarke auf jede Postsendung zu kleben und die Westdeutschen klebten sie mit ihrer Spucke durchweg solidarisch gestimmt auf die Umschläge.

Nach dem Mauerfall konnte sich der Hauptstadt-Komplex, der während der DDR-Episode an Glanz eingebüßt hatte, wieder zu alter Stärke aufplustern. Nun wurde von höchster Stelle verkündet, dass Berlin die Hauptstadt des wiedervereinten Deutschland sei und zu sein habe. Das provinzielle Bonn sei eben nicht gut genug, um das neue Deutschland zu repräsentieren. Wie armselig sähe das denn aus gegenüber Paris und London. Willi Brandt schoss bei der entscheidenden Debatte im Bundestag den Vogel ab, als er die Rolle Bonns im Nachkriegsdeutschland mit dem Vichy-Regime verglich, das wegen des besetzten Paris nur ein vorübergehendes Ausweichquartier gewesen sei. »In Frankreich wäre übrigens niemand auf die Idee gekommen, im relativ idyllischen Vichy zu bleiben, als fremde Gewalt der Rückkehr in die Hauptstadt an der Seine nicht mehr im Wege stand.« So kam es, wie es kommen musste. Dem neuerlichen Ausleben des Hauptstadt-Komplexes stand und steht nichts mehr im Wege.

Größenwahn ist oftmals die Kehrseite eines Minderwertigkeitsgefühls. Man wollte jetzt endlich nach zwei verlorenen Weltkriegen und zwei Diktaturen, von denen die eine mit einer gigantischen Explosion, die andere mit einer sanften Implosion endete, die alte Hauptstadt wieder in neuer Großartigkeit erstehen lassen. Sie sollte nicht nur die wieder hergestellte Herzkammer Deutschlands werden, sondern ihre Bedeutung der ganzen Welt kundtun. Vom Mittelpunkt Europas, ja der Welt war hie und da die Rede und manch einer nahm sogar wieder das Wort »Welthauptstadt« in den Mund. Man errichtete einen Hauptstadt-Hauptbahnhof mit Gleisanlagen auf vier oder fünf Ebenen und imaginierte ihn als den neuen Knotenpunkt Europas, wo sich die Linien von Stockholm nach Athen und von Paris nach Moskau kreuzen. In den Info-Flyern der nunmehr so genannten Deutschen Bahn konnte man diesen einmaligen Knotenpunkt des europäischen Schienennetzes als Grafik bewundern. Eine solche Hauptstadt braucht natürlich auch einen neuen Hauptstadt-Flughafen, sie braucht auch Hauptstadt-Studios für die Rundfunk- und Fernsehanstalten und natürlich ein der Hauptstadt angemessenes alt-neues Stadtschloss, das nun aller Welt vor Augen führt, wie verschwundene Prachtbauten aus neu angerührten Betonmassen wundersam wiedererstehen können, sozusagen auferstanden aus dem Nichts. Die Fassade jedenfalls stimmt, wenn auch sonst nichts stimmt.

Der SPD-Politiker Erhard Eppler formulierte nach dem Mauerfall, als sich die Hauptstadtfrage zuspitzte, den schaurig-schönen Satz: »In Berlin, da reden die Steine, und manche Steine schreien. Ich möchte, dass die, die künftig Deutschland regieren, mit diesen schreienden Steinen konfrontiert werden, jeden Tag.« Seine Vision von Regierenden in Berlin, umgeben von redenden und schreienden Steinen, offenbarte einen Wiederholungszwang, den Sigmund Freud seinerzeit als Abkömmling des Todestriebs identifiziert hat, der die Menschen dazu antreibt, schmerzvolle Unlust und Destruktion immer wieder ertragen zu wollen. Keine andere Stadt in Deutschland hätte die stetige Wiederkehr des deutschen Elends besser demonstrieren können: das Ende des Ersten Weltkriegs, das Ende der Weimarer Republik, das Ende des »Dritten Reichs«, das Ende der Deutschen Demokratischen Republik. Nach 1918, 1933, 1945, 1989 musste man es – wie unter einem unheimlichen Zwang leidend – noch einmal mit derselben Hauptstadt versuchen und nannte das von ihr regierte Gebilde fortan »Berliner Republik«. Diesmal würde alles gut werden, lautete der Verheißung: ein vereintes Berlin in einem vereinten Deutschland in einem vereinten Europa und möglicherweise sogar in einer vereinten Welt.

Je mehr sich die Hauptstadt an ihre neue Rolle gewöhnte, umso stärker wurde dort das Bestreben von Politik und Medien, »Verantwortung« zu übernehmen und »Haltung« zu zeigen. Es liegt ja so vieles in der Welt im Argen, das es zu retten gilt: das Klima, den Euro, die Flüchtlinge, die Demokratie. Weltrettern darf man nicht in die Quere kommen.

Sie werden sonst recht ungemütlich. Denn sie wissen, was gut und böse ist, und kennen deshalb im Kampf gegen das Böse keine Gnade.

Zu einer Hauptstadt gehören nicht nur alle möglichen Orte der Erinnerung wie Gedenkstätten, Museen, Denkmäler, Grabmale, Erinnerungstafeln, sondern auch Termine der jährlichen Gedenkrituale wie unter anderem die Ermordung von Karl Liebknecht und Rosa Luxemburg am 15. Januar (1919), die Reichspogromnacht am 9. November (1938), der Jahrestag der Befreiung von Auschwitz am 27. Januar (1945) oder der Tag des Mauerbaus am 13. August (1961). Der Aufstand vom 17. Juni (1953) ist inzwischen in den Hintergrund getreten. Zynisch könnte man sagen: Es ist für jeden etwas dabei. Das trifft noch mehr auf die Feste zu, die es in der Hauptstadt Jahr für Jahr zu feiern gilt: Silvesterparty vor dem Brandenburger Tor, Karneval der Kulturen, »Zug der Liebe« (früher: Love Parade) oder Berlin-Marathon, den aus physiologisch verständlichen Gründen in der Regel Äthiopier oder Kenianer gewinnen.

Man genießt das Flair einer Weltmetropole und zelebriert es mit allen Mitteln, die freilich woanders erwirtschaftet werden. Man ist stolz darauf, »arm und sexy« zu sein, wie es ein früheres Stadtoberhaupt einmal formulierte. Zu einer solchen Metropole gehören natürlich multikulturelle Buntheit, Sippen in Parallelgesellschaften, die neuerdings Clans genannt werden (aber mit den traditionellen schottischen »Clans« nichts zu tun haben), ein gewisses Niveau der organisierten und nicht-organisierten Kriminalität im Alltag und dementsprechend bestimmte No-go-Areas.

Alles zusammen scheint für das gehobenere Publikum seinen Reiz zu haben und ihm die Gewissheit zu geben, in einer Weltmetropole zu leben, die sich allerdings, und das wäre der Unterschied zu London, Paris oder Rom, selbst immer wieder vergewissern muss, dass sie tatsächlich »die Hauptstadt« ist, was ziemlich anstrengend ist. Der Hauptstadt-Komplex hat einen Dauerstress für alle Beteiligten zur Folge – für Hauptstadt-Anbeter ebenso wie für Hauptstadt-Verächter. Die einen fühlen sich überwältigt vom penetranten Glanz der Metropole, in deren Abglanz sie sich sonnen wollen, die anderen entleert vom Sog eines Molochs, der sein näheres und weiteres Umfeld zu verschlingen droht.

Der Boris-Test

Brexit« scheint schon dem Wortklang nach ein schreckliches Ereignis anzukündigen und erinnert an die Formulierung »plötzlich und unerwartet« auf Todesanzeigen. Das Schlagwort hat den »Exitus«, den Tod, in sich. Doch für mehr als die Hälfte der Briten bedeutete es das Gegenteil, nämlich Leben, Freiheit und Selbstbestimmung, »exit« als Ausfahrt, Ausgang ins Freie. Ich wunderte mich über das Mitleid der Deutschen, wie es von den Medien genüsslich ausgewalzt wurde: Die armen Briten werden das bitter büßen, sie werden in die wirtschaftliche Katastrophe schlittern, wie konnte man so leichtsinnig sind und die Mitgliedschaft in der Europäischen Union durch ein Referendum aufs Spiel zu setzen! Man bedauerte die irren Insulaner in der Gewissheit, dass die Europäische Union gerade in Zeiten globaler Bedrohungen ein sicherer Hafen sei, ein Garant des Friedens nach so vielen Kriegen.

Sehr populär war die Auffassung, dass der Brexit im Grunde nur die Folge eines Lausbubenstreichs gewesen sei. David Cameron und Boris Johnson, zwei verzogene Früchtchen aus dem Establishment, Rivalen schon in ihrer gemeinsamen Zeit am Eton College, hätten darum konkurriert, Prime Minister zu werden. Als Premier hätte Ersterer aus Leichtsinn das Referendum angesetzt, als Möchtegern-Premier Letzterer das Votum für den Brexit herbeigeführt. Die Beurteilung war klar und sie wurde in der deutschen Öffentlichkeit fast widerspruchslos akzeptiert und kolportiert. Eine Geschichte, die sich wunderbar verkaufen ließ: Zwei leichtsinnige Luftikusse setzen das Schicksal ihrer Nation aufs Spiel.

Ich wunderte mich über die Leichtgläubigkeit meiner Landsleute. Sie glaubten den Medien, weil sie den eigenen Verstand ausschalteten. Ich empfand es ungerecht, den Medien hierfür die alleinige Schuld zu geben, lieferten sie doch nur das, was von den Kunden nachgefragt wurde. Die wollten unterhalten werden und das Brett vor ihrem Kopf nicht wahrhaben oder gar abschütteln. Für diesen Umstand hatte man seit kurzem das Stichwort »Relotius« (als Verb »relotieren«) zur Verfügung. Das Problem war weniger die Person gleichen Namens, als vielmehr der mentale Resonanzraum der kollektiven Leserschaft, die seine Dichtungen zur Selbstbestätigung liebte und den Dichterjournalisten zu preisgekrönten Höchstleistungen anstachelte. Es bleibt künftigen Sozialforschern und Kulturhistorikern überlassen, den Relotius-Effekt als Faktor der medialen Massenbeeinflussung zu erforschen.

Nach der Entscheidung für den Brexit waren die Politiker in Deutschland perplex. Damit hatten sie nicht gerechnet. Wie konnte so etwas nur passieren? Unfassbar. Dabei lagen die Gründe auf der Hand und wurden von den so genannten Brexiteers unzählige Male als Litanei vorgetragen. Man wollte die Kontrolle über die eigenen Grenzen wiedererlangen, nicht von einer Institution regiert werden, die man nicht gewählt hat und die man auch nicht mehr abwählen kann, kurzum: man wollte die Demokratie, an die man sich seit Generationen gewöhnt hatte, nicht aufgeben. Warum sollte man auch? Immerhin saßen die Abgeordneten im ältesten Parlament der Welt als Wiege der westlichen Demokratie; immerhin hatte diese Demokratie mit Churchill in der »dunkelsten Stunde« ihre absolute Feuerprobe überstanden bis hin zur »bedingungslosen Kapitulation« des Nazi-Reichs; immerhin hatte das Vereinigte Königreich seine Eigenständigkeit bewahrt, obwohl das British Empire verloren ging; immerhin hatte man eine Königin, die sich an all das noch persönlich erinnern konnte.

Die Ahnungslosigkeit der Deutschen war frappierend. Die einen hielten die Brexit-Entscheidung für einen schlechten Scherz, die anderen für eine bodenlose Dummheit, wieder andere für eine Frechheit. Peinlich ist mir in Erinnerung, wie der deutsche Außenminister nach dem Votum davon fabulierte, dass Boris Johnson sich feige zurückgezogen habe (als schäme er sich dessen, was er da angerichtet hatte). Einige Stunden später kam die Nachricht, dass er zum neuen Außenminister berufen werde. So kann man sich irren.

Kaum jemand nahm Notiz davon, dass der neue britische Außenminister eine beachtliche Churchill-Biografie verfasst hatte, die eine starke Identifikation des Autors mit dem Weltstaatsmann verriet. Die Geschichte hat *einen* Dreh- und Angelpunkt: Der Held kann gegen alle Widerstände, allein auf sich gestellt, gegen das lebensbedrohliche Monster eine Abwehrfront aufbauen und es besiegen. In diese Rolle versetzte sich Johnson in seinem Kampf gegen die Europäische Union, deren zunehmenden politischen Übergriffe er als Bedrohung Großbritanniens wahrnahm. Merkwürdigerweise hatte niemand in Deutschland Johnsons »Churchill-Faktor« gelesen und es kam mir so vor, als wolle auch niemand davon Kenntnis nehmen. An der Universität gab es Hunderte von Studenten (»Studierenden«) der Politikwissenschaft und Dutzende von Professoren für historische Fächer. Das einzige Exemplar von Johnsons Buch in der Region stand im Freihandmagazin in der Universitätsbibliothek. Es war verfügbar, als ich im Katalog nachsah. Ich lieh es aus und gab es nach zwei Monaten unaufgefordert zurück. Offenbar hatte niemand Interesse an dieser Lektüre. Gelegentlich machte ich Stichproben. Der Online-Katalog meldete immer »ausleihbar«.

Ich wandte seinerzeit meinen privat entwickelten Boris-Test an. Er bestand aus zwei Fragen: (1) »Kennen Sie Boris Johnson?« und (2) »Kennen Sie sein Buch ›Der Churchill-Faktor‹«? Der Test brachte zu hundert Prozent dieselben Ergebnisse, die ich hier sinngemäß zusammenfasse: (1) »Ja, das ist ein egozentrischer Dandy, letztlich ein Nichtsnutz«; und (2) »Was? Davon habe ich noch nie etwas gehört.« Diese Ignoranz ist erstaunlich. Jeder hat ein Smartphone und könnte bei Wikipedia nachsehen, die Information wäre in Sekundenschnelle zu erhalten. Aber niemand, den ich mit meinem Boris-Test konfrontiert habe, war auf eine solche Idee gekommen. Ich erweiterte den Test manchmal um eine zusätzliche dritte Frage: »Kennen Sie das Buch ›72 Jungfrauen‹ von Boris Johnson?« Das Ergebnis war dasselbe: Ein hilfloses Achselzucken, nein, nie etwas davon gehört. Wenn der Bürgermeister der Weltmetropole London einen satirischen Roman über einen islamistischen Anschlag auf Westminster verfasst und sich über Himmelfahrtsträume von Selbstmordattentätern lustig macht, ist das in Deutschland, wo kein Politiker oder Schriftsteller es wagen würde, dergleichen von sich zu geben, nicht der Rede wert. Auch dieses Buch steht in deutscher Übersetzung unangetastet im Regal der großen Stadtbibliothek soweit ich es über den Online-Katalog feststellen konnte, eingeordnet unter der Signatur »Witzig/Schräg JOHN«.

Diese Art von Ignoranz ist zeittypisch und gilt für viele Gegenstände, die man beurteilt, ohne sie zu kennen, obwohl man sie leicht kennenlernen könnte. Man nimmt sie eben unbesehen »in gutem Glauben« an. Die Gutgläubigkeit war vielleicht noch nie so groß wie jetzt, wo die Menschen im medialen Ozean des Cyberspace dahintreiben, in digitalen Netzen zappelnd, in denen sie gefangen sind. Die Gutgläubigkeit suggeriert ein scheinbares Wissen und ist tatsächlich dem Unwissen direkt proportional. Sie funktioniert, indem der Zweifel ausgeschlossen wird und es unmöglich erscheint, das eigene Unwissen zuzugeben. Ich sollte endlich die Schrift »De docta ignorantia« des Nikolaus von Kues lesen, dachte ich, der die »gelehrte Unwissenheit« zu seinem Lebensthema gemacht hatte. Warum heute das Adjektiv »docta« ständig als »belehrt« übersetzt wird, entzieht sich meiner Kenntnis. Vielleicht hat man Belehrte lieber hat als Gelehrte.

Böse Unwörter

Alle Jahre wieder präsentiert »die Jury«, eine Handvoll selbsternannter Sprachwächter, das »Unwort des Jahres«. Als »Sprachwissenschaftler« haben sie eine Aufgabe zu erfüllen, die der von Schrankenwärtern gleicht: nämlich die Allgemeinheit vor durchfahrenden Zügen von Unwörtern zu schützen. Denn der Sprachverkehr des gemeinen Volks wird ständig von diesen Unholden bedroht. Wenn das Böse auf der Schiene unterwegs ist, hat die Jury ihre Aufgabe zu erfüllen und die Schranken herunterzulassen, indem sie es isoliert und in Quarantäne verschiebt: etwa »Anti-Abschiebe-Industrie«, »alternative Fakten«, »Volksverräter«, »Gutmensch«. Ein Un-Wort ist ein Wort, das es nicht geben sollte, analog zu anderen Dingen, die es nicht geben sollte, wie Un-Tat, Un-Wetter, Un-Mensch. Die Wärter lassen also alljährlich die Schranke herunter und retten somit die Sprache vor dem Bösen, indem sie das auserkorene Unwort aussortieren. Wer es weiterhin im Munde führt, begeht von nun an mit dem Unwort die Untat eines Unmenschen.

Unsere Sprachwächter in Akademien, Gesellschaften und sonstigen Vereinen sind rührig. Neben dem »Unwort« gibt es auch ein »Wort des Jahres«, wie etwa »Heißzeit«, »Jamaika-Aus«, »postfaktisch« und »Flüchtlinge«. Diese Wörter werden ebenfalls alljährlich bestimmt, freilich von einem anderen Gremium. Sie sollen für jene Themen stehen, die den öffentlichen Diskurs des jeweiligen Jahres bestimmt haben. Sie transportieren ebenfalls eine politische Wertung von »Sprachwissenschaftlern« und enthalten eine mehr oder weniger klare Botschaft. Den Klimawandel als Problem Nummer eins, die gescheiterten Koalitionsverhandlungen als politischen Unfall, das Ignorieren von Fakten in Teilen der Bevölkerung, die Nachsilbe »-linge« als abwertende Nachsilbe oder »Pejorativsuffix«. So erscheint das Wort »Flücht-ling« selbst als Un-Wort, das es zu meiden gilt. Es ist tatsächlich aus dem offiziellen Sprachgebrauch verschwunden und wird jetzt durch »Geflüchtete« oder »Schutzsuchende« ersetzt.

Die Lust an der Sprachreinigung ist in Deutschland ganz besonders ausgeprägt. Natürlich wird sie angefeuert durch die angloamerikanische Mode der Political Correctness, die den Kontinent wie einst Pop-Musik und Hippie-Kultur in Beschlag genommen hat. Freilich kommt noch ein spezieller Faktor dazu, der mit dem »kulturellen Gedächtnis«, einem inzwischen preisgekrönten Schlagwort, zusammenhängt. Er entspringt der Praxis des Verbrennens von Abkömmlingen des Bösen. Zwischen Mittelalter und Neuzeit wurden Judenviertel niedergebrannt und Hexen landeten auf dem Scheiterhaufen. Im 20. Jahrhundert kam es zur

Verbrennung unliebsamer Bücher, dann der Leichen von Mordopfern aus Kliniken und später aus Vernichtungslagern. Viele Wörter der deutschen Sprache wurden notgedrungen mit verbrannt und erschienen fortan als Unwörter, zu deren Identifizierung man keine sprachwissenschaftlich qualifizierte Jury benötigt: »Führer«, »Gleichschaltung«, »Endlösung«, »Endsieg«, »Kraft durch Freude«, »Arbeitsdienst«, »lebensunwertes Leben«, »Volksgenosse«, »Rassenhygiene«. Selbst »Adolf« wurde zum Unwort, das man jetzt sogar in komödiantischer Weise aufzugreifen wagt, wie im Film »Der Vorname« geschehen. So ist die deutsche Sprache wie kaum eine andere von Verbrennungsnarben durchzogen, deren Anblick den Betrachter schmerzen muss, weil sie ihn an reale Brandwunden erinnern. Unwörter können weh tun, umso mehr, wenn sie nicht mehr sagbar sind. Die deutsche Sprache ist von Unsäglichem gezeichnet, überzogen von Brandmalen, Stigmen.

Es stellt sich die Frage, wie viel Bodensatz eine Sprache vertragen kann, ehe sie wie ein verunreinigtes Gewässer kippt, ehe sie zu einer Giftquelle für alle Lebewesen wird, die vom oder im Wasser leben. »Nach Auschwitz ein Gedicht zu schreiben, ist barbarisch«, lautete das Diktum eines berühmten Philosophen. Es gibt keine Möglichkeit für die Sprechenden und Schreibenden, die verlorene Unschuld der Wörter wieder zu erlangen. Wer an diesem Umstand Schuld trägt, ist eine andere Frage.

Des Journalisten Sitzfleisch

Als Leiter des Feuilletons war ich zuständig für die Auswahl kulturpolitischer Themen. Ich hatte publikumsträchtige Ereignisse ausfindig zu machen, um über sie zu berichten und sie womöglich anzufeuern. Von einem Leitmedium der Republik erwartete man gediegene Kommentare aufgrund eingehender Recherchen, kurzum: einen investigativen Journalismus. Dieser sollte, so die verinnerlichte Richtschnur, im Hinblick auf Recherchedauer, Inhalt und Spesen nicht über die Stränge schlagen. Es gab eine unausgesprochene Übereinkunft mit der Verlagsleitung, wie lange eine Recherche dauern durfte, wo die Grenzen des im Augenblick Sagbaren lagen und mit welchem Geldbetrag der Journalist auszukommen hatte. Letzteres betraf nicht nur die Spesen, deren Berechnung sich an das Bundesreisekostengesetz anlehnte, sondern auch besondere Aufwendungen, womit gelegentlich die Gesprächsfreudigkeit eines Insiders zu fördern war. Eine großzügige Bewirtung in einem Feinschmecker-Restaurant mit exquisiten Weinen war ein probates Mittel, die Zunge zu lockern. Freilich kamen solche Strategien nur in besonders heiklen Fällen in Betracht, etwa beim umstrittenen Bau einer neuen Konzerthalle oder beim Streit um die Neubesetzung des Postens eines Generalintendanten für die Städtischen Bühnen. Normalerweise war über weniger aufregende Begebenheiten zu berichten: Neuerscheinungen von Büchern, Opernpremieren, Konzerte, Dichterlesungen, Kongresse, Ausstellugseröffnungen. Das erforderte harte Arbeit für den Journalisten. Sein wichtigster Körperteil war jenes »Sitzfleisch«, das die Anatomen als Musculus gluteus maximus bezeichnen. Ich finde es bemerkenswert, dass das deutsche Wort Eingang in die internationale Tagungssprache gefunden hat: »The sitzfleisch« ist zu einem Fachterminus geworden wie »the zeitgeist« oder »the blitzkrieg«.

Die Tagungsrituale in ihren Varianten waren mir geläufig. Am Eingang zum Vortragssaal die Registrierung mit und ohne Handkasse, die Ausgabe der Namensschilder, die Programmhefte, der Büchertisch, darauf Bücher mit aufgeklebtem Hinweis: »Nur zur Ansicht«, die auf langen Tischen aufeinander gestapelten Kaffeetassen und die Batterie von Thermoskannen mit Kaffee und heißem Wasser für die Teetrinker. Im Saal dann die Leinwand mit Beamer, auf dem Podium das Rednerpult neben dem Tisch für den Moderator, technisches Hilfspersonal für Laptop, Mikrofon und Beleuchtung. Oft hatte der Raum kein Fenster, dafür rundum eine Holzvertäfelung. Nur ausnahmsweise bot er große Fenster, durch die man ins Grüne blicken konnte. Immer, wenn ich zu Beginn einer Tagung einen solchen Raum – mit oder ohne Fenster – betrat, sträubte sich in mir eine innere Instanz. Die Vorstellung, die kommenden Stunden an diesen Ort gebannt zu sein, weckte in mir einen Abwehrreflex. Denn meine Erfahrung sagte mir, dass das, was nun dargeboten würde, mich höchstwahrscheinlich nicht für meine Sitzfleisch-Qual entschädigen würde.

Eine Tagung ist mir besonders in Erinnerung geblieben, da sie idealtypisch alle Charakteristika von Tagungen eingetragener Vereine in sich vereinte. Da war das Rahmenthema, das zum Gedenken an ein Ehrenmitglied auf dessen Werk abgestimmt war. Der versteckte und heimelige Tagungsort bot im Eingangsbereich die notwendige Ausstattung für die Kaffeepausen: Thermoskannen, Tassen, Spritzgebäck und dergleichen. Der zu Ehrende war auf dem großen Poster zu sehen, das unübersehbar an der Eingangstür des Gebäudes aushing und den ankommenden Gästen versicherte, dass sie am richtigen Orte seien. Als ich eine halbe Stunde vor Veranstaltungsbeginn eintraf, waren zwei junge Leute damit beschäftigt, die Projektionstechnik zu überprüfen. Denn ohne Powerpoint war eine solche Tagung undenkbar. Bald darauf betrat der Organisator der Tagung den Raum und begrüßte mich überaus freundlich. Von mir würde es abhängen, ob diese Tagung nach außen dringen würde. Denn von mir würde fixiert, was im Feuilleton der überregionalen Zeitung zu lesen war. Ich war mir meiner Macht bewusst, die zu Anbiederung und Unterwürfigkeit verführte. Ich bekam vorab einen Kaffee eingeschenkt, dazu die Schüssel mit dem Spritzgebäck gereicht. Dann durfte ich schon einmal Platz an einem der hufeisenförmig angeordneten Tische nehmen, und ich wählte eine günstige Position, von wo aus ich Rednerpult und Leinwand gut im Blick hatte.

Der Raum füllte sich rasch, und fünf Minuten vor Beginn war kein Sitzplatz mehr frei, sodass Stühle aus dem Nebenzimmer geholt werden mussten. Die meisten kannten sich als Vereinsmitglieder und begrüßten sich lauthals mit Händeschütteln, manche umarmten sich. Dann der Augenblick angespannten Schweigens unmittelbar bevor das erste Wort zur Eröffnung gesprochen wurde. Die Begrüßungen durch den Direktor des Tagungszentrums und den Vorsitzenden der Gesellschaft sollte laut Programm fünfzehn Minuten dauern. Mir war sofort klar, dass es länger gehen würde. Der Direktor beschrieb die großartige Geschichte des von ihm geleiteten Zentrums und der Vorsitzende rühmte dessen Gastlichkeit, um dann den mit diesem Symposium zu Ehrenden in aller Ausführlichkeit zu würdigen. Ich machte mir Notizen und wusste, dass für diesen Introitus zwei Sätze in meinem Artikel ausreichen würden.

Ich war es gewohnt, dass sich scheue Blicke auf mich richteten. Obwohl mein Gehör nicht besonders scharf war, konnte ich immer wieder das Geraune hören: dass »die Presse« im Raum sei, dass über das Symposium womöglich schon in der nächsten Samstagausgabe berichtet würde, dass es glücklicherweise gelungen sei, einen Journalisten dieser so renommierten Zeitung an einen so abgelegenen Ort zu locken. Ich zeigte eine professionell ungerührte Miene und machte mir auf meinem Laptop Notizen, Bausteine für den Pflichtartikel, um den ich ja nicht herumkommen würde.

Dann endlich der erste Hauptvortrag. Ein ehemaliger Mitarbeiter des zu Ehrenden hielt seine Standardrede, die er sicher schon hundertmal gehalten hatte. Aufgrund seines Alters nahm man ihm die dürftigen (genauer betrachtet: erbärmlichen) Abbildungen, die auf der Leinwand erschienen, nicht übel. Man empfand sie wohl als eine zu den Ausführungen des alten Herrn passendes Untermalung. Ich hatte Mühe, ihn zu verstehen. Der Grund war beidseitig: Zum einen nuschelte der Redner, zum andern waren meine Ohren wieder einmal von Ohrenschmalz verstopft. So sehr das akustische Verständnis Not litt, so wenig hatte ich Schwierigkeiten, den Darlegungen inhaltlich zu folgen. Denn die Botschaften waren äußerst schlicht und wurden zudem mit großer Schrift auf die Leinwand projiziert.

Der darauf folgende Vortrag wurde von einem jüngeren Wissenschaftler temperamentvoll gehalten. Ich konnte seinen Ausführungen gut folgen. Allerdings störte mich die Selbstgefälligkeit des Redners, der sich seine Pappkameraden genüsslich aufbaute, um sie dann bravourös umzustoßen. Es machte Spaß ihm zuzuhören. Und doch war mir sein glattes Denken zu dürftig, um mich zu bewegen. Auffallend war dann in der Diskussion, wie er auf bestimmte Fragen lächelnd keine Antwort gab und sie damit als irrelevant erscheinen ließ. Ein cleverer Typ, der alles mit Schweigen überging, was nicht in seine Denkwelt passte.

In der Pause ging dann ein lautes Stimmengewirr los, wie nach langen Sitzungen nicht anders zu erwarten. Die Menschen sind froh, sich endlich bewegen zu dürfen und selbst etwas von sich zu geben, eben all das, was man selbst so gerne noch gesagt hätte. Denn wenn das Sitzfleisch nach zwei Stunden entlastet wird, kommt es automatisch zu einer Entlastungseuphorie, die sich im Kaffeetrinkgeschnatter entlädt. Da geht es dem Journalisten nicht anders als allen anderen Tagungsteilnehmern. Diese physiologische oder animalische Gemeinsamkeit hat für mich immer etwas Beruhigendes und Versöhnendes gehabt und ein unterschwelliges Gefühl der Solidarität mit der leidenden Menschheit erzeugt.

Phantasialand

Als Journalist soll man darstellen, »was ist«. Wenn das nur so klar wäre. Wirklichkeit von Fiktion zu unterscheiden, erscheint nur auf den ersten Blick einfach. Ins Wahrnehmen geht immer ein fiktiver Faktor ein, den die Psychologen herkömmlich als »Projektion« bezeichnen. Wir sind eben keine unbeschriebenen Blätter, unbelichtetes Fotopapier, auf das sich die Welt einschreibt oder eingraviert. Es kommt immer zu Überschreibungen und Überblendungen, also zu Mischprodukten. Das Problem kann allerdings zu einer kriminellen Handlung einladen: Wenn jemand ganz bewusst und mit Kalkül den Dingen seine Fiktion überstülpt und als bare Münze verkauft. Wir sind dann, um aktuelle Unwörter zu gebrachen, mit »Fake News« in der »Lügenpresse« konfrontiert konfrontiert, wo es passieren kann, dass von »Hetzjagden« oder »Nazi-Aufmärschen« berichtet wird, die aus Sicht anderer Beobachter nicht stattgefunden haben.

Journalisten sind nicht weniger verführbar als andere Menschen. Sie möchten gefallen, sie müssen ihre Ware verkaufen, sie kennen den Markt, aber auch die Leitung ihres eigenen Verlags. Hierzu passende Reportagen zu verfassen ist ihr Job oder Brotberuf, wie man früher einmal sagte. Sie verhalten sich wie andere »Werktätige« auch, eine gängige Bezeichnung für Berufstätige in der DDR (als deren Gegenpol einst die kapitalistischen »Ausbeuter« angeprangert wurden).

Wie kann es passieren, dass Journalisten und Schriftsteller genau *die* Märchen erzählen, die im Mainstream flott dahin schwimmen und genau das bestätigen, was man ohnehin schon zu wissen glaubt? Deren erdichteter Charakter jedem auffallen müsste, der noch alle Tassen im Schrank hat? Wie funktioniert das perverse Spiel, dass »Lügenpresse« als ein »Unwort« offiziell gegeißelt wird, zugleich aber ihre reale Verlogenheit zu Tage tritt? Es gibt einen einfachen Mechanismus: Wenn man »Gesinnung« und »Haltung« als oberste Tugend im politischen Diskurs ansieht und zugleich den Feind benennt, gegen den diese Tugend in Stellung zu bringen ist, müssen Wahrheit und Wahrhaftigkeit das Feld räumen. Das bekannte Hamburger Nachrichtenmagazin hat diese Strategie aller Welt vor Augen geführt. Gleichzeitig hat ein österreichischer Schriftsteller im Roman sowie in diversen Reden die Wahrheit für das hehre Ziele gebeugt, die Europäischen Union zu retten. Er nutzte Auschwitz als moralische Keule, die sich trefflich gegen jegliche EU-Skepsis schwingen lässt.

Das mediale Szenario hat für die Konsumenten ein Phantasialand hervorgebracht, bunt, schrill, unterhaltsam, aufregend und was sich sonst noch für Bezeichnungen finden lassen, mit vielen Abteilungen und Vergnügungsmaschinen.

Sie haben eines gemeinsam: Sie setzen künstliche Welten in Szene, abgestimmt auf den vermuteten Bedarf der Kunden, die sich im Freizeitpark amüsieren sollen. Wer möchte hier als Spaßbremse auftreten?

Aber der Vergleich hinkt. Die von allen Wohnungsinhabern finanzierten öffentlichen Rundfunk- und Fernsehanstalten üben flächendeckend eine Macht der Meinungsbildung aus, der sich der Einzelne kaum entziehen kann. Sie sind als Propaganda-Instrumente der politischen Führung nutzbar. Es gibt eine Reihe von »roten Linien«, die nicht überschritten werden dürfen. So wird die Masseneinwanderung wie ein Naturereignis hingenommen und der Klimawandel dagegen als menschengemacht und deshalb vom Menschen korrigierbar proklamiert. Zweifel daran sind bei Strafe der sozialen Ächtung verboten. Der Phantasie werden Zügel angelegt, wenigstens in diesem Punkt gleicht unser öffentliches Leben einem Phantasialand, einem Ort der rundum betreuten und planvoll eingehegten Phantasie. Mit Stahl und Beton eingefasste Trampelpfade für lustvolle und aufkitzelnde Sensationen mögen wahre Kunstwerke der Vergnügungsindustrie darstellen, haben aber mit phantastischen Erscheinungen des Seelenlebens wenig gemein, ja, können sogar als deren Gegenpol begriffen werden.

Gerade dort, wo von politischer Seite der demokratische Dialog eingefordert wird, in dem die Vielfalt der Meinungen zu Wort kommen soll, wo die »Buntheit« der Gesellschaft als Grundwert des Zusammenlebens betont wird, liegt die Ausgrenzung von Menschen mit anderer Meinung in der Luft. Ich denke hier weniger an Demonstrationen und

Gegendemonstrationen, an den allgegenwärtigen »Nazis-Raus«-Reflex und entsprechende Gruppenaffekte, sondern vielmehr an das kulturelle Phantasialand, wie es in Form von »Shows« oder Karnevalsveranstaltungen gepflegt und vom Fernsehen ins Land ausgestrahlt wird. Vielleicht täuscht mich die Erinnerung. Aber früher ätzten Kabarettisten und Karnevalisten *gegen* die Regierenden, »die da oben«, heute verstehen sie sich eher als deren Sprachrohr und wettern gegen die bösen aufmüpfigen Untertanen dort hinten in der braun getünchten Dunkelkammer, die in manchen lustigen Fernsehsendungen dem Fernsehvolk schon auf der Landkarte demonstriert wurde. So hatte man einmal in einer Fernseh-Show auf der Deutschlandkarte den Freistaat Sachsen in brauner Farbe übermalt. Das Bild wurde dann vom begeisterten Publikums mit großem Applaus gefeiert – eine Bestätigung des gelungenen Witzes. Der Begriff »Dunkeldeutschland«, den ein Bundespräsident verwandt hat, wurde dankbar von den Medien aufgegriffen und machte eine erstaunliche Karriere. So sieht die demokratische Streitkultur in Deutschland aus.

Marlies

Alle Jahre wieder hatten wir das Feuilleton als opulente Weihnachtsbeilage zu kreieren. Die Redaktionskonferenz hatte über ein Rahmenthema beraten und entschieden, dass es diesmal um Naturheilkraft, Zauber, Wunder sowie angeblich Übernatürliches gehen sollte. Man wollte keine philosophisch oder theologisch abgehobenen Beiträge zusammenstellen, sondern konkrete Begegnungen mit Menschen schildern. Ich selbst hatte mein Wunschthema übernommen, wofür sich sonst im Team niemand erwärmen konnte: »Naturmystik und Geistheilung«. Nun stand ich vor der Aufgabe, geeignete Interviewpartner zu finden und sie in ihrem Alltag »hautnah« zu beobachten und zu befragen. Das Format war vorgegeben: Bericht über eine einzelne Person von höchstens fünf Druckseiten mit zwei bis drei Fotos. Ich empfand meine Aufgabe besonders schwierig, aber gerade das reizte mich an ihr. Andere Redaktionsmitglieder hatten es, wie ich fand, leichter. Einen Bericht über bestimmte Naturheilverfahren zu verfassen, schien mir relativ einfach angesichts der zahlreichen Heilpraktiker, die ihre Dienste öffentlich anboten. Leicht ließ sich hier ein Gesprächspartner finden. Auch das Thema der religiösen Wunderheilungen, das eine jüngere Kollegin aus »gut katholischem« Elternhaus übernommen hatte, konnte gezielt angegangen werden. Sie brauchte nur an den Türen der maßgeblichen kirchlichen Stellen anzuklopfen und würde sicher mit offenen Armen empfangen. Es gab gepflegte Archive, in denen Materialien über Jahrzehnte und Jahrhunderte andauernde Verfahren der Selig- und Heiligsprechung aufbewahrt wurden, abgesehen von kirchlichen Berichten und wissenschaftlichen Studien. Auch die Thematik der »nachhaltigen« Lebensführung schien mir aus journalistischer Sicht griffig. Ein älterer Kollege, der ein Faible für »erneuerbare Energien« und ein Fan des »Recycling« war, sollte darüber schreiben. In alternativen Öko-Wohnanlagen, die mit Erdwärme-Technologie geheizt wurden, konnte er leicht Gesprächspartner finden, die ihn gerne über ihre nachhaltige Lebensweise informierten.

Ich dagegen hatte es schwerer, zu Insidern vorzudringen. Niemand hatte ein Praxisschild, auf dem die Wörter »Naturmystik« oder »Geistheilung« auftauchten, zumindest war mir ein solches noch nie begegnet. Zwar gab es im digitalen Telefonbuch Heilpraktiker, die vereinzelt auch »Geistheilung« anboten, aber hier nach dem Zufallsprinzip eine Adresse auszusuchen, schien mir zu unsicher. So machte ich mich im Internet auf die Suche. Es war ja nicht unwahrscheinlich, hier auf eine interessante Person zu stoßen. Ich würde sehr schnell an der Art des Auftritts erkennen, ob es sich lohnte, den Autor zu kontaktieren.

Ich recherchierte einige Stunden, gab einschlägige Stichwörter ein und hoffte auf einen Treffer. Aber die Suche war vergebens. Ich wiederholte das Spiel ohne Erfolg. Es gab viele rosarote Anpreisungen mit esoterischem Wortgeklingel, aber keine Darstellung, die mich ernsthaft angesprochen hätte. Da fiel mir meine Studienfreundin Marlies ein, die sich inzwischen im Institut für Kulturanthropologie als Professorin festgesetzt hatte. Sie kannte sich auf dem unwegsamen Terrain der Geistheilung aus und hatte eine Reihe von Heilern in einer regionalen Studie interviewt.

Wir vereinbarten einen Termin und ich besuchte sie an einem stürmischen Nachmittag im Herbst in ihrem Dienstzimmer. Es war geschmackvoll mit hellem Holzmöbel eingerichtet. In den Regalen standen relativ wenige Bücher und Aktenordner, dafür hatten kleinere Objekte aus ihrer ethnologischen Privatsammlung Platz, die in Gruppen arrangiert und von zierlichen Deckenstrahlern beleuchtet waren: Figürchen aus Ton und Holz, bunte Minaturbilder, glänzende Edelsteine und eine prächtige Madonna aus Buchenholz. An den Wänden hingen zwei große Gemälde im Stil der naiven Malerei, die bäuerliche Szenen im Bergland zeigten. Ich war von der Leuchtkraft dieses kleinen Kunstkabinetts überrascht.

»Schön hast du's hier, Marlies«, sagte ich, als ich auf dem Sessel Platz genommen hatte. »Ich habe Dir ja am Telefon schon gesagt, worum es mir geht. Vielleicht kannst du mir einen Tipp geben. Ich suche einen Heiler mit Charisma, so etwas wie einen Naturmagier, der bereit ist, sich interviewen zu lassen. Jemand, der seine Auffassungen und Erfahrungen mit klaren Worten mitteilen kann. Ich habe für das Weihnachtsfeuilleton den Auftrag, einen authentischen Beitrag zum Thema Naturmystik und Geistheilung zu verfassen. Es geht nicht um theoretische Reflexionen oder abstraktes Philosophieren, sondern um einen Einblick ins praktische Handwerk.«

Marlies sah mich durch ihre runde Metallbrille an. Ihr feines Gesicht passte zu ihrer schlanken Figur. Ihr brünettes Haar war kurz und elegant geschnitten. Nach einiger Zeit räusperte sie sich und lächelte.

»Ich glaube, ich kann Dir einen solchen Magier bieten. Ich muss aber in meinen Unterlagen erst noch seine Adresse heraussuchen. Er ist ein wahrer Atemkünstler, einzigartig, unglaublich beeindruckend. Man kann sich sehr gut mit ihm unterhalten. Er spricht glasklar und jedes seiner Worte hat mich irgendwie berührt.«

Sie griff nach einem Aktenordner, blätterte darin, stellte ihn wieder zurück. Dann suchte sie auf ihrem Laptop.

»Ja, hier habe ich ihn: Adam Reichwein. Das ist er.« Sie zeigte mir den Eintrag auf dem Bildschirm. »Ich habe meine damalige Begegnung mit ihm hier in einem Erlebnisprotokoll zusammengefasst. Aber als Ethnologin rate ich Dir, dieses erst einmal zu ignorieren und unvoreingenommen mit dem Mann zu sprechen. Hinterher kannst Du ja immer noch meinen Bericht lesen und ihn mit Deinen Eindrücken vergleichen.«

Ihren Vorschlag fand ich vernünftig, auch wenn ich meine Neugierde lieber sofort befriedigt hätte. So notierte ich mir Namen und Adresse, auch eine Telefonnummer. Ich musste also in einen kleinen Ort in der Eifel nahe der heute nur noch fiktiven belgischen Grenze fahren – unter der Voraussetzung, dass der Atemkünstler immer noch dort wohnte. Aber das würde sich ja feststellen lassen.

So verabschiedete ich mich von Marlies und versprach, ihr das Ergebnis meiner Nachforschungen mitzuteilen und den gedruckten Beitrag zu schicken, falls der zustande käme.

Der Atemkünstler

Mit Adam Reichwein Kontakt aufzunehmen, war schwieriger als gedacht. Die Telefonnummer führte zur Ansage: »Keine Verbindung unter dieser Nummer«. Das Telefonbuch signalisierte Fehlanzeige und auch meine Suche im Internet verlief ergebnislos. So schrieb ich ihm mit meinem Füller einen kurzen Brief. Wer sich so rar macht, dachte ich, wird eher auf eine von Hand geschriebene als auf eine digital produzierte Nachricht reagieren. Ich hoffte, dass wenigstens die Anschrift, die mir Marlies gegeben hatte, stimmte.

Tatsächlich erhielt ich zwei Wochen später eine Antwort. Auf der Postkarte war in großer, schwungvoller Schrift die Botschaft zu lesen: »Sie können bei mir vorbeikommen (werktags), um 12 Uhr mittags bin ich zuhause.« Kein genaueres Datum, keine zusätzliche Anmerkung, eine lapidare Einladung, die meine Phantasie und Neugierde anstachelte. Erwartete mich ein weißhaariger Guru mit langem Bart im Leinengewand? Ein weiser alter Mann, wie man sich Tolstoi vorstellen mochte? Oder einen Seher mit kahlem Kopf, stechendem Blick und Adlernase? Die Handschrift jedenfalls würde nicht zu einem gebeugten Kümmerer mit randloser Brille und zittrigen Händen passen.

Ich wollte mir Zeit nehmen und das Interview in ausgeruhtem Zustand führen. So verzichtete ich aufs Auto und reiste mit meinem Rucksack ins spätherbstliche Hinterland. Die Kreisstadt in der Schneifel konnte ich mit der Bahn gut erreichen, von dort sollte mich dann der Bus die letzte Strecke ins Dorf bringen. Ich startete am frühen Morgen. Die Fahrt verlief geruhsam und führte durch eine idyllische Landschaft mit Bergen, engen Tälern, an Bächen und Flüssen entlang, durch Wiesen und Felder und manchmal auch durch einen Tunnel. Herbstliches Licht fiel durch kahle Bäume, Nebelschwaden standen im Talgrund, Dörfer wurden durchquert und an den Haltestationen gab es kaum mehr als eine Handvoll Passagiere, die ein- oder ausstiegen. Meine Gedanken kreisten um meinen Interview-Partner, den ich nicht kannte und von dem auch kein Foto existierte. Marlies hatte mir erzählt, dass sie ihn seinerzeit nur unter der Voraussetzung treffen durfte, dass sie ihn nicht fotografieren und seine Adresse und Telefonnummer nicht veröffentlichen würde. Sie musste ihm das vor dem Interview hoch und heilig versprechen. Ich hatte mich darauf eingestellt, dass mein Feature ohne sein Porträtfoto auskommen musste. Aber eine spannende und bildhaft erzählte Geschichte war nicht auf Fotos angewiesen, ganz im Gegenteil: Bilder konnten eine Botschaft auch verwässern und Geheimnisvollem einen banalen Anstrich geben.

Nach dreieinhalb Stunden Fahrt war ich an der Bushaltestelle in der Dorfmitte gegenüber der Kirche angelangt. Mir
fiel wieder einmal auf, dass so genannte Bummelzüge
pünktlich verkehren, während Fernzüge aus verschiedenen
Gründen häufig bummelten. Es war halb zwölf, ich würde
etwa eine viertel Stunde brauchen, um zu Fuß zum Haus
des Atemkünstlers zu gehen. So setzte ich mich auf die
Bank neben der Kirche und schaute mich um. Die Kirchen-
tür war angelehnt, wie man es von katholischen Gotteshäu-
sern gewohnt ist. Das Portal war eingerahmt von Blumen-
beeten, die schon für den Winter präpariert waren. Auf der
anderen Seite des Platzes war eine Bäckerei neben anderen
kleinen Läden zu sehen. Ich kaufte mir dort eine Butterbrezel mit Schnittlauch und ein Nusshörnchen. Dann ging ich
zurück zur Bank, setzte mich auf mein Isolierkissen (gehört
heute zur »Trekking«-Ausrüstung), das ich immer im Rucksack mitführte, und verzehrte die Brezel, während ich noch
einmal meine Aufnahmegerät testete, das ich mit dem nöti-
gen Zubehör im Rucksack verstaut hatte. Dann machte ich
mich auf den Weg, den ich mir zuvor mit Google Maps zurechtgelegt hatte. Es ging bergauf, das Haus lag ziemlich
weit oben am Waldrand außerhalb des Dorfkerns. Marlies
hatte mir bewusst nichts über den Atemkünstler selbst verraten, aber immerhin den Weg zu ihm genau geschildert.
Dann hatte ich endlich das Haus erreicht.

Es war aus Holz und glich der Miniatur eines Bauern-
hofs im Schwarzwald. Es schmiegte sich an den Berghang,
sein Giebel war dem Tal zugewandt und auf der Brüstung
des Balkons waren Blumenkästen angebracht, deren Inhalt

jetzt herbstlich zerzaust aussah. Ich konnte mir vorstellen, welche Blütenpracht sich dort im Sommer entfaltet hatte. Der große Vorgarten, durch den ein Kiesweg zur Haustür führte, war mit einem Jägerzaun von der Straße abgegrenzt. Er beherbergte ein Kräuter- und ein Gemüsebeet. Ich erblickte Petersilie, Lavendel und Kopfsalat. Ich drückte den Klingelknopf neben der Haustür, Glockentöne erklangen in der üblichen Kuckucksterz. Es ist beruhigend, was man sieht oder hört, objektiv benennen zu können, dachte ich. Das gibt mir Sicherheit, die ich jetzt brauche, wenn ich mit jemandem über Dinge rede, deren Vorhandensein in Frage steht und die im Allgemeinen als Produkte der Phantasie abgetan werden.

Die Tür wurde geöffnet und eine ältere Frau mit umgebundener Küchenschürze begrüßte mich.

»Grüß Gott«, sagte sie freundlich und gab mir die Hand. »Schön, dass Sie uns gefunden haben, wir haben Sie erwartet. Mein Mann ist noch unterwegs, wird aber jeden Augenblick hier sein.«

Sie führte mich in die Wohnküche, die rundum mit Holz verkleidet war. An den Wänden hingen gerahmte Fotografien in Schwarzweiß, die Personen und Landschaften zeigten. Dazwischen waren auf kleinen Wandregalen merkwürdige Naturdinge ausgestellt: Steine verschiedener Farbe und Größe, mächtige Tannenzapfen, markant geformte Wurzelhölzer, offensichtlich Fundstücke aus der Region. In einem schmalen Bücherschrank mit Glasschiebetüren waren Bücher in überschaubarer Anzahl untergebracht, die ich auf den ersten Blick nicht identifizieren konnte. Nur ein großformatiges »Wilhelm-Busch-Album« und eine Familienbibel mit Goldschnitt konnte ich erkennen.

»Bitte nehmen Sie Platz«, sagte die Frau, »am besten gleich hier an der Stirnseite des Tischs. Ich habe schon für uns gedeckt. Sie werden ja mit uns zu Mittag essen. Es ist jetzt die richtige Zeit, etwas zu sich zu nehmen. Ich hoffe, Sie mögen Gemüsesuppe und Kartoffelpuffer mit Apfelmus. In dieser kühlen Jahreszeit das Richtige.«

Ich war überrascht, mit welcher Selbstverständlichkeit sie diese Mitteilung machte. Offenbar konnte sie sich gar nicht vorstellen, dass der Gast keine Gemüsesuppe und Kartoffelpuffer mit Apfelmus essen wollte. Ich setzte mich an den Tisch und ließ die Dinge auf mich zukommen. Einige Minuten später trat Adam Reichwein ein. Er sah anders aus, als ich erwartet hatte. Er trug keinen Bart, hatte kein schlohweißes Haar sondern eine Glatze, seine Figur machte einen zarten Eindruck, seine Hände waren schmal, die Finger eher kurz und sein Gesicht strahlte eine vornehme Zurückhaltung und Feinheit aus. Einen Naturheiler hatte ich mir anders vorgestellt: stämmiger, vierschrötiger, mit größeren Händen. Nur seine Stimme passte zu meinem Klischee. Sie war angenehm temperiert, klang melodisch und rein, und erst im Laufe der Unterhaltung wurde mir bewusst, wie stark der Mann seine Rede mit dem Atem modulierte. Die Worte strömten aus seinem Mund wie Blätter, die in den Wellen eines Baches dahintreiben. Ich merkte, wie die Sätze losgelassen wurden und im Raum verschwebten, während er wieder Atem holte. Zum ersten Mal konnte ich an diesem Mann das Ein- und Ausatmen beim Sprechen studieren, worauf ich zuvor nie geachtet hatte. Ich war gespannt, was mir dieser Atemkünstler erzählen würde. Ich sollte etwas erleben, was mir in meiner journalistischen Laufbahn so noch nicht vorgekommen ist – dass die Gegenwart eines Interviewpartners den Journalisten fast vergessen lässt, seine Fragen zu stellen.

Ich hatte mich an den gedeckten Tisch in der Wohnküche zu setzen, das von der Frau zubereitete Essen zu verzehren und einfach die Dinge zwischen Suppe, Kartoffelpuffern und Apfelmus auf mich zukommen zu lassen. Zudem gab es noch die zeitliche Vorgabe von anderthalb Stunden. Um halb zwei wolle er sich zur Mittagsruhe zurückziehen, sagte Adam Reichwein. Bis dahin hätten wir aber genügend Zeit für unser Gespräch. Sollte sie nicht genügen, könne ich gerne wiederkommen. Ich war perplex: Offenbar herrschte in diesem Haus eine andere Zeitvorstellung als in meiner Branche. Was dort als unsinnige Zeitverschwendung angesehen worden wäre, erschien hier selbstverständlich. Mehrfach wegen eines anderthalbstündigen Gesprächs von weither anzureisen, was man auch in drei oder vier Stunden am Stück erledigen konnte, widersprach jeder betriebswirtschaftlichen Logik. Hierzu passte, dass nicht daran zu denken war, mein Aufnahmegerät mit Mikrofon auf dem vollen Esstisch aufzubauen. Denn hätte ich das getan und das Essgeschirr beiseite geräumt, hätte ich die Gastgeber gekränkt und unser Gespräch belastet, wenn nicht sogar erstickt. Also ließ ich die Apparaturen unangetastet in meiner Tasche, die ich nach dem Eintreten in der Ecke hinter der Tür abgestellt hatte.

»Wir dürfen Sie herzlich willkommen heißen, auch meine Frau freut sich über Gäste, die von weither kommen«, sagte Reichwein zum Auftakt. »Ich weiß, dass Frau Professor Sanftleben Ihnen meine Adresse gegeben hat. Ich möchte Sie nun um dasselbe bitten, was mir auch Ihre Bekannte schwören musste: Unter keinen Umständen dürfen Sie in Ihren Berichten meinen Namen und meinen Wohnort oder dessen nähere Umgebung nennen – und selbstverständlich auch keine Fotografien anfertigen. Ich möchte keinen Rummel um meine Person, ich habe nichts zu verkaufen, am allerwenigsten mich selbst.« Er atmete tief durch und blickte mich mit seinen freundlichen und zugleich listigen Augen an.

»Ich schwöre«, sagte ich und hob automatisch die rechte Hand zum Schwur. Es fehlt nur noch die Bibel, auf die ich sie legen konnte. Fast wunderte es mich, das Reichwein darauf verzichtete – die Heilige Schrift stand ja in Sichtweite bereit – und nur seine Hand auf meinen erhobenen Unterarm legte.

»Ich glaube Ihnen und vertraue Ihnen«, sagte er nur und dann »Guten Appetit«, denn seine Frau hatte inzwischen die dampfende Suppe aufgegeben.

Atem-Strom

Die Heilkur in der Rehaklinik nahm ihren Lauf und ich musste Schritt halten mit den Maßnahmen der Behandlung. Der Stundenplan – eingerahmt vom Frühstück um halb acht und dem Abendessen um sechs Uhr abends – hielt einen auf Trab. Weitere Fixpunkte waren Mittagessen und Nachmittagskaffee. In dieses Zeitraster der Nahrungsaufnahme waren die therapeutischen Einheiten eingeklinkt: Inhalation, Gymnastik, Autogenes Training, Nordic Walking, Fahrradergometer, hin und wieder diagnostische Untersuchungen, insbesondere Lungenfunktionsprüfungen. Die Ärzte hatten sich ganz meinem Asthma zugewandt und der Neurodermitis einen weitaus geringeren Stellenwert zugebilligt: »Erst müssen wir die Lunge wieder in Ordnung bringen, denn ohne Luft können Sie nicht leben. Aufgekratzte Haut ist unangenehm, sieht auch nicht schön aus, aber das ist nicht lebensbedrohlich und wird sich rasch bessern, wenn das Asthma verschwindet.«

Nach dem Abendessen hatte ich Zeit und Muße, mich meinen widerspenstigen Einfällen hinzugeben. Bei geöffneter Balkontür hörte ich das Meer rauschen, sah hinaus auf den Horizont, wo Wasser und Himmel sich vermählen, roch die salzige Seeluft, in die sich der feine Geruch von gebratenem Fisch eingemischt hatte, hörte Möwen schreien und menschliche Stimmen von der Strandpromenade heraufschallen. Die verkrampften Bronchien hatten sich nach einer Woche merklich entspannt, die Luft strömte freier, ich konnte erleichtert aufatmen. Der Würgegriff hatte nachgelassen. Dies war der Augenblick, wo mir der Atemkünstler einfiel. War er nicht das reine Gegenbild eines Asthmatikers? Zeigte sein Atmen nicht genau das, was jenem als unerreichbares Ideal erscheinen muss, als Endstation aller Sehnsucht?

Damals, als ich Adam Reichwein besuchte, erzählte er mir am Küchentisch, nachdem seine Frau die Suppe aufgegeben hatte, von seiner Atem-Kunst, die für ihn nichts Mystisches oder Übernatürliches an sich habe.

»Schauen Sie«, meinte er, »alle Tiere atmen. Aber konzentrieren wir uns auf die Menschen. Sie atmen ununterbrochen von ihrer Geburt bis zum Tod, vom ersten Schrei des Neugeborenen bis zum letzten Seufzer des Sterbenden. Sie sind solange sie leben in Bewegung, bewegen sich rhythmisch, um ihre Lunge zu belüften. Stillstand bedeutet Tod.«

Hier machte er eine Pause, um den Rest der Suppe auszulöffeln. »Ich denke, wir sollten die Kartoffelpuffer nicht kalt werden lassen. Nach dem Essen kann ich ja weitererzählen. Meine Lebensphilosophie« – und bei diesem Wort lächelte er in sich hinein – »ist leicht zu verstehen, aber nicht ganz so leicht zu praktizieren. Darauf kommt es aber an. Schöne Ideen formulieren kann fast jeder, sie in die Praxis umsetzen kaum jemand. Und jetzt lassen Sie es sich bitte schmecken.«

Beim Kaffee nach dem Essen – die Kartoffelpuffer schmeckten köstlich, das frisch gekochte Apfelmus ebenso – erklärte er mir seine »Lebensphilosophie«. Er sprach schlicht und schnörkellos. Seine Augen leuchteten auf, wenn er zwischendurch seine Augen auf mich richtete, als würde meine Gegenwart ihre Strahlkraft verstärken. Sanfte Handbewegungen begleiteten seine Rede und erinnerten mich an Dirigentenhände, die den langsamen Satz einer Symphonie begleiten. Seine Frau zog sich zurück, sie wolle sich »um das Geschirr in der Küche kümmern«.

Ich kann mich nicht mehr an seinen Vortrag im Einzelnen erinnern. Er rauschte an mir vorbei, mal säuselnd, mal aufbrausend, in harmonischem Auf und Ab ohne Abbrüche oder plötzliche Richtungswechsel. Ich war von dieser Art des Sprechens fasziniert, mehr aber noch vom Inhalt. Er skizzierte mir seinen Werdegang als Atemkünstler in knappen Sätzen, mit denen alles gesagt war.

»Unsere Stimme ist unabhängig von den Worten, die sie hervorbringt, zweischneidig wie ein Werkzeug, das so oder so eingesetzt werden kann. Mit einem Küchenmesser kann man sich ein Stück Brot abschneiden, aber auch einem anderen den Hals. Das klingt vielleicht primitiv, aber es trifft die Sache. Wie bin ich zu der Erkenntnis gekommen? Ich hatte in der Volksschule zwei Klassenlehrer, die mich die gegensätzliche Wirkung der Stimme spüren ließen. Der eine sprach mit sanfter Stimme, in der sich die Kinder gerne sonnten, sie klang warm und trocken wie Hochsommerwetter, die Stimme des anderen knarzte und kratzte wie ein Reibeisen ins Nervenkostüm der Kinder. Sie klang kalt und feucht wie aus einem dumpfen Keller. Ich kann diese Stimmen heute noch hören und in mir spüren. Wie gesagt, es ging hier gar nicht darum, *was* gesagt wurde, sondern *wie* es gesagt wurde. Man kann nicht sagen, dass der mit der angenehmen Stimme angenehmere Ansichten gehabt hätte, etwa weniger streng mit uns gewesen wäre. Eher ging der mit der unangenehmen Stimme milder und verständnisvoller mit uns um.«

Nach dieser Einleitung kam er direkt auf seine Entdeckung zu sprechen.

»Die Stimme wird mit der Luft beim Ausatmen gebildet. Dabei wird etwas transportiert, was Hörer bewegt und in ihnen angenehme oder unangenehme oder auch gemischte Resonanzen erzeugt. Die Stimme schafft beim Sprechen oder Singen Wortbilder, die ihre Wirkung im Hörer entfalten. Aber vielmehr beschäftigte mich die Frage, wie sie auch unabhängig von Worten wirken kann, wie ich das in der Schule erlebt habe. Das war für mich das größte Geheimnis. Die Mutter eines Klassenkameraden spielte sehr schön Geige, ich meine nicht damit, dass sie irgendwelche Ohrwürmer oder Bravourstücke vorführen konnte. Schon wenn sie die Tonleiter spielte, klang das zauberhaft rein. Der Musiklehrer, der außer Klavier und Flöte auch auf der Geige brillieren wollte, hatte einen schrecklich Bogenstrich, der das innere Ohre zersägte. So unterschiedlich kann auch die Stimme wirken.«

Reichwein schilderte noch ein oder zwei weitere Beispiele für diese Erfahrung, bevor er zum Ursprung seiner Entdeckung kam.

»Ich weiß nicht mehr genau, wann es geschehen ist, aber irgendwann nach der Konfirmation war es. Meine Eltern gingen sonntags in die Kirche und es war für sie selbstverständlich, dass ich sie zum Gottesdienst begleitete. Wir saßen gewohnheitsmäßig in der vorletzten Bank auf der linken Seite und hatten einen guten Überblick. Während der langen Predigten hatte ich Muße, mich auf die regungslosen Rücken der Gottesdienstbesucher vor uns zu konzentrieren. Ich tat das gerne, denn die Predigten von der Kanzel langweilten mich. Da fiel mir auf, dass die Menschen tatsächlich immer in Bewegung waren, ich brauchte nur lange genug hinzusehen. Das Atmen kann niemand verbergen oder gar einstellen. Und indische Fakire sind mir nie begegnet.«

Dabei lachte Reichwein. Der Kaffee war längst getrunken und ich wusste, dass sich unser Gespräch allmählich dem Ende näherte. Zehn Minuten blieben uns noch, denn um halb zwei, so hatte er angekündigt, würde er sich zurückziehen. Offenbar stand er nicht unter Zeitdruck, änderte nicht den bedächtigen Stil seiner Rede. Er schaute auch nicht offen oder versteckt zur Uhr an der Wand. Er brauchte keine äußeren Zeitzeichen, die ihm Vorschriften machten.

»Ich kann Ihnen in wenigen Sätzen mein Geheimnis verraten«, sagte er. »Wenn wir die Atmung bei anderen wahrnehmen und unsere eigene darauf einstellen – und das geschieht automatisch, wenn wir uns ganz auf unsere Wahrnehmung einlassen – geschieht etwas Merkwürdiges. Wir verbinden uns mit dem anderen wie mit einem unsichtbaren Gummiband, das sich beim Einatmen spannt und beim Ausatmen entspannt. Individuelle Grenzen sind dann aufgehoben, ich fühle mich in den anderen hinein und der andere spürt meinen Einfluss. Das kann auch mehrere Personen umfassen, ich könnte Ihnen Beispiele erzählen.«

Seine Frau kam herein und räumte das Kaffeegeschirr ab. Mir war klar, dass ich mich zu verabschieden hatte. »Nur ein Frage noch«, sagte ich, »Wie, wodurch können Sie heilen? Ich habe gehört, dass Sie als Heiler sehr gefragt sind.«

»Ich weiß nicht, wodurch.« Er zuckte mit den Achseln. »Es ist eine Erfahrung, die ich vor langer Zeit gemacht habe. Es muss mit dem Atem-Strom zusammenhängen, so stelle ich mir das vor: Ein Strom, der durch die Luft oder die Atmosphäre, wenn Sie so wollen, zieht und anderen Kraft spendet, die sie brauchen. Ich habe keine Theorie. Vielleicht könnten Psychologen oder Neurowissenschaftler Erklärungen finden, obwohl ich da meine Zweifel habe. Jedenfalls ist der Atem-Strom eine kostbare Heilquelle, die im Grunde allen zur Verfügung steht. Das Problem ist es, diese Quelle in sich zu finden – für sich selbst und für andere. Das ist weniger eigenes Verdienst als vielmehr Glück. Aber jetzt ist Zeit, dass ich mich von Ihnen verabschiede. Gerne können wir ein andermal weiterplaudern.«

Er gab mir zum Abschied seine warme, trockene Hand und verschwand in den hinteren Gemächern des Hauses. Seine Frau begleitete mich zur Haustür und steckte mir zwei glänzende Äpfel zu. »Für die Heimfahrt«, sagte sie.

Dann stand ich auf der Straße und marschierte zur Bushaltestelle.

Auf der Heimfahrt ging mir immer wieder der »Atem-Strom« im Kopf herum. Adam Reichweins Beobachtungen, die er mit diesem Wort zusammenfasste, hatten nichts Rätselhaftes an sich. Sie waren für den »gesunden Menschenverstand« ohne Spezialkenntnisse verständlich. Warum hatte ich davon nie etwas gehört oder gelesen? Er konnte mir sicher über konkrete Fälle berichten, in denen sein »Atem-Strom« kranken Menschen geholfen hatte. Ich würde einen wunderbaren Essay unter diesem Titel für die Weihnachtsbeilage verfassen. Schon zückte ich meinen Terminkalender, um ein weiteres Treffen mit ihm ins Auge zu fassen.

Dann aber kamen mir Bedenken. Plötzlich scheute ich davor zurück, unsere Begegnung vor dem Lesepublikum auszubreiten. So etwas käme einer Entweihung gleich, dachte ich, vergleichbar mit dem Fotografieren heiliger Orte, um die Bilder dann zu vermarkten. Auch wenn Adam Reichwein unter der Bedingung, anonym zu bleiben, nichts gegen einen Zeitungsbericht einzuwenden hatte, fühlte ich eine Beklemmung bei dem Gedanken, den »Atem-Strom« in die Welt zu entlassen. Ich spürte aber noch eine andere Hemmung, die meine eigene Person betraf. Würde die Story in der Sitzung der Chefredaktion wirklich akzeptiert? War nicht zu befürchten, dass sich die Kollegen über mich als esoterischen Schwärmer lustig machen würden? Vielleicht war ich einfach zu feige oder zu sensibel, mich einer solchen Peinlichkeit auszusetzen. Für mich war das, was ich dort am Küchentisch erfahren hatte, etwas, was nicht beschmutzt werden durfte, und sei es auch nur durch ein mitleidiges Grinsen. Vielleicht war aber der tiefere Grund meiner Hemmung, dass ich in ein Geheimnis eingeweiht worden war, das ich lieber für mich behalten wollte.

So wandte ich mich einem anderen Thema für die Weihnachtsausgabe des Feuilletons zu: dem Wasser als Heilmittel. Hier lagen die Dinge klar zutage. Die Kneipp-Kur hatte nichts Verborgenes an sich. Ich brauchte auch Marlies nicht mehr um Rat zu fragen, wie ich Gesprächspartner finden könnte. Ein Blick ins Internet verwies mich auf die Kurverwaltung des nächsten Kneipp-Kurortes, den ich bequem mit einer einstündigen Bahnfahrt erreichen konnte. Man empfing mich mit offenen Armen, da der Bericht in einer so bekannten Zeitung fürs Marketing wichtiger war als die vielen Kleinanzeigen in Zeitungen und Zeitschriften, eine willkommene kostenlose Werbung. Badeärzte führten mir die Anlagen und Gerätschaften vor, Physiotherapeuten demonstrierten die klassischen Formen der Güsse auf Leib und Glieder, eine Ökotrophologin erklärte die Grundzüge ihrer Ernährungskunst und zu guter Letzt durfte ich einen Blick in die Kneipp-Apotheke werfen, in der betörende Düfte die Luft schwängerten. Man roch Gräser, Blüten, Kräuter, Hölzer und fühlte sich in ein Natur-Treibhaus versetzt. Kurzum: Der Bericht war schnell geschrieben, ein Selbstläufer, der im Kollegenkreis und in der Runde der leitenden Redakteure mit Wohlwollen aufgenommen wurde. Genau so hatten sich die Leute einen Beitrag für die Weihnachtsausgabe des Feuilletons vorgestellt. Mein Foto der opulenten Weihnachtskrippe im Kurhaus rief bei manchen

sogar Entzücken hervor. Die könne es wirklich mit den re-
präsentativen Krippen in den rheinischen Kathedralen und
Kirchen aufnehmen, meinte sogar jemand.

Erinnerungskultur

Nach zwei Wochen hatte das Asthma nachgelassen. Ich konnte ohne Erstickungsanfälle nachts durchschlafen. Die Nordseeluft tat mir gut und die therapeutischen »Anwendungen« kamen mir zumindest nicht schädlich vor. Ich freute mich darauf, meine Einfälle, die mir im Lauf des Tages kamen, abends niederzuschreiben und so meine Sammlung stetig anzureichern. Auch der Juckreiz der von der Neurodermitis geplagten Haut war schwächer geworden und die Rötung der Ekzeme ging zurück. So spürte ich neue Lebenskraft und bekam Lust, mich dem Widerspenstigen zu öffnen.

Der inflationäre Gebrauch des Wortes »Kultur« gab mir zu denken. Es diente in unzähligen Kombinationen zu einem Passepartout für die unterschiedlichsten Bereiche: Erinnerungskultur, Gedenkkultur, Popkultur, Hochkultur, Willkommenskultur, Streitkultur, Wohnkultur, Esskultur, Sepulkralkultur und so weiter. Es war genauso vielfältig zu verwenden wie das Wort »Nachhaltigkeit« beziehungsweise »nachhaltig«. Solche Wörter waren von einer Aura des absolut Guten umgeben, in deren Glanz man sich jederzeit sonnen konnte, um an ihren Werten teilzuhaben. Auch »Teilhabe« gehörte zu dieser Kategorie der edlen Wörter.

Eine beachtliche Karriere hat der inzwischen preisgekrönte Begriff des kollektiven Gedächtnisses gemacht, der gerne zur Pflege einer menschenfreundlichen Erinnerungskultur angemahnt wird. Dass Erinnerungen kollektiv kultiviert werden, begleitet die Menschheitsgeschichte von Anfang an und ist ihr herausragendes Merkmal, wie an Baudenkmälern, Schriftzeugnissen oder technischen und künstlerischen Produktionen zu studieren ist. In welchem Rahmen das geschieht, wie ihr »Framing« aussieht, wirft freilich Fragen auf. Wer definiert die Erinnerungswürdigkeit bestimmter Ereignisse und schließt andere davon aus? Wer profitiert vom geschäftsmäßigen Teil der Erinnerungskultur? Inwiefern verdrängt das Erinnern an bestimmte Ereignisse andere, die ebenso Beachtung verdient hätten? Vor allem: Wie steht es mit dem möglichen Widerspruch zwischen dem persönlichen Erinnern und der sozial normierten Erinnerungskultur?

Offenbar ist es ein Merkmal der Letzteren, dass sie in ihrem historischen Verlauf zwischen Vernichtung und Vergötterung oszilliert. Die Helden von gestern können heute als Verbrecher erscheinen und umgekehrt. Dazu fiel mir eine Episode des Separatismus in der Rheinpfalz in den frühen 1920er Jahren ein. Paramilitärische nationalistische Stoßtrupps, die von der Bayerischen Regierung unterstützt wurden, erschossen 1924 den separatistischen Anführer der »Autonomen Pfalz« und zwei weitere Personen, die gerade in einem Speyerer Restaurant ihre »Kabinettssitzung« abhielten. Zwei der Attentäter wurden durch Gegenwehr der Separatisten tödlich verletzt. Im »Dritten Reich« errichtete man zum Gedenken an ihren aufopfernden Dienst am Vaterland ein Ehrenmal. Dort wurde bis zur Jahrtausendwende im Namen der Stadt Speyer jedes Jahr am Volkstrauertag ein Kranz zu ihren Ehren niedergelegt, bis Historiker Einspruch erhoben. So verloren die »Märtyrer der nationalen Sache« den Heldenstatus, den sie vor, während und nach dem »Dritten Reich« genossen hatten. Heute erscheinen sie als brutale Wegbereiter des Nationalsozialismus, die einst als patriotische Kämpfer gegen das separatistische „Lumpengesindel" gefeiert wurden. An diesem Beispiel lässt sich die Konversion vom Freiheitskämpfer zum Terroristen und vice versa studieren. Sie geht mit dem ideologischen Machtwechsel einher, der immer mit einem Wechsel der Erinnerungskultur verbunden ist. Was später als mutigste Tat des Widerstands gepriesen wird, an die regelmäßige Gedenkfeiern und öffentliche Beschilderungen erinnern, wurde den Zeitgenossen als verbrecherischste Untat präsentiert, die konsequent mit sofortiger Hinrichtung zu bestrafen war.

Erinnerungen können einen ungeheuren Zwang auf Denken und Fühlen ausüben, aber sie können auch befreiend und heilsam wirken. Wie steht es mit der gegenwärtigen Erinnerungskultur? Zielt sie auf Zwang oder auf Befreiung ab? Ich werde den Verdacht nicht los, dass wir in derselben Tretmühle steckt wie alle Erinnerungskulturen zuvor. Sie fesselt die kollektive Phantasie an bestimmte Ereignisse der

100

Vergangenheit, um davon Begründungen für zukünftiges Handeln abzuleiten. Sie legt fest, was gedacht und gesprochen werden darf und schafft Sperrzonen für den Diskurs. Indem sie das tut, stabilisiert sie die politische Ordnung und gibt dem öffentlichen Leben ein mentales Fundament, man könnte auch sagen: zieht für das, was gemeint und gesagt werden darf, Leitplanken ein, deren Berühren oder Überschreiten sanktioniert wird.

Die Geschichte der deutschen Erinnerungskultur ist für mich ein Faszinosum. Sie kristallisiert sich in unzähligen Denkmälern, die vor dem Ersten Weltkrieg vor allem preußischen Königen und Kaisern, Bismarck oder dem Sieg in in der Schlacht von Sedan gewidmet waren. Nach den beiden Weltkriegen hatten dann Kriegerdenkmäler Konjunktur, mit denen die tapferen Helden, die fürs Vaterland gestorben waren, geehrt wurden. Nach meinem Eindruck setzte sich das Modell des kombinierten Kriegerdenkmals durch: auf dem linken Flügel die Gefallen des Ersten, auf dem rechten Flügel die des Zweiten Weltkriegs. Mit der 68er Studentenrevolte begann ein Paradigmenwechsel, der seine volle Wirkung erst zwei, drei Jahrzehnte später entfalten sollte. Nun wurden Denkmäler für die Opfer des Nationalsozialismus errichtet – ein bis zwei Generationen nach dessen Untergang.

Das 2005 eingeweihte Holocaust-Mahnmal in der Nähe des Brandenburger Tors sollte mit monumentaler Wucht an das größte Verbrechen in der deutschen Geschichte erinnern. Ein umstrittener rechter Politiker sprach von einem »Mahnmal der Schande« und löste mit diesen drei Wörtern eine landesweite Welle der Empörung aus. Der Ausdruck als solcher ist doppeldeutig. Zum einen: Das Mahnmal ist schändlich, es ist eine Schande, dieses Mahnmal zu errichten; zum anderen: das Mahnmal erinnert an eine Schande. Man unterstellte dem Redner, nur Ersteres gemeint zu haben. Allerdings hatte er wohl richtig beobachtet: Ein Denkmal, das an das kollektive Verbrechen des eigenen Volkes gemahnt, wurde in keiner anderen Metropole an zentralem Ort installiert. Tokio hätte zum Beispiel gleichfalls Grund, ein »Mahnmal der Schande« zu errichten (abgesehen von Moskau, Peking und vielen anderen Orten). Aber es ist natürlich einfacher, sich als Opfer zu fühlen. Die Museen in Hiroshima und Nagasaki konfrontieren den Besucher mit den verheerenden Zerstörungen durch die amerikanischen Atombomben, vom Terror der japanischen Besatzungstruppen in Ostasien dagegen ist nichts zu sehen und zu hören. Vielleicht habe ich nicht gründlich genug hingesehen, als ich einmal dort war. Mir fielen damals nur viele Besucher auf, die schluchzend und mit Tränen in den Augen die Zeugnisse der ungeheuren Zerstörung der betroffenen Städte betrachteten. Mir waren diese Leute sympathisch, die angesichts des ungeheuren Unglücks weinten. Ich stellte mir damals nicht die Frage, ob sie auch so geweint hätten, wenn man gleichzeitig die Todeslager der japanischen Besatzer gezeigt hätte. Heute denke ich: Sie hätten.

Ebbe und Flut

Die Heilkur nahm ihren Lauf. Nach zwei Wochen hatte ich mich an den Tagesrhythmus gewöhnt, der dem ärztlich verordneten Stundenplan folgte. Ich wunderte mich, wie rasch ich die zu absolvierenden Stationen verinnerlicht hatte. Sie bildeten das Gerüst einer zweiten Natur, die mir so selbstverständlich erschien wie die Natur außerhalb der Anstaltsmauern. Je länger ich da war, umso müheloser durchlebte ich den Tag. Der Automatismus ist eine kraftsparende Einrichtung für Leib und Seele. Man darf ihn nur nicht stören. Regelmäßig ging ich nach meiner abendlichen Schreibarbeit hinunter zum Strand, um auf einer Bank oder in einem verlassenen Strandkorb Platz zu nehmen und aufs Meer zu hinauszuschauen. Ich liebte die abendliche Atmosphäre, wenn die Möwen sanfter durch die Lüfte segelten und sich ihre Schreie weniger schrill anhörten, wenn auch das Stimmengewirr der Menschen nach dem Abendessen zufriedener und gedämpfter klang, wenn die Sonne immer tiefer sank, der Himmel sich rötlich färbte, die Nordsee ihren glitzernden Wasserspiegel zeigte und dabei so friedlich wirkte.

Tatsächlich aber war die See auch dann in gewaltiger Bewegung, unaufhörlich und unaufhaltsam, ein ständiges Kommen und Gehen seit Urzeiten, ein Hin und Her zwischen Hoch- und Niedrigwasser, zwischen »Ebbe und Flut«, wie die Binnenländer dazu sagten. Der Asthmatiker profitiert von der reinen, allergenfreien Seeluft, dachte ich. Genauso wichtig erschien mir das Erleben von Ebbe und Flut, die Einwirkung dieser allumfassenden Bewegung auf die Sinne. Der mich behandelnde Lungenarzt würde über solche Gedanken lächeln und sie als Ausdruck einer naturphilosophischen Spinnerei ansehen, nicht schädlich, aber ziemlich belanglos. An diesem Abend fasste ich den Entschluss, ihn bei nächster Gelegenheit mit meinen merkwürdigen Gedanken zu provozieren.

Ist das Schauspiel von Ebbe und Flut nicht kosmisches Atmen? Beim Einatmen wird das Wasser zum Land gezogen, beim Ausatmen von ihm weggedrückt. Solange das geschieht, lebt die Erde. Und solange ich das wahrnehme, lebe ich. Die Pendelbewegung der Brandungswellen zeigt dieses Wechselspiel von Ebbe und Flut im Kleinen. Ich testete meine Atemfunktion, indem ich barfuß im Wasser stand und zusah, wie die Wellen kamen und gingen und unter meinen Fußsohlen den Sand aushöhlten, sodass sie immer tiefer darin versanken. Ich kam auf die Idee, meinen Atem dem Wellengang anzupassen, ihn mit dem Meer zu synchronisieren. Ich war überrascht, ja entzückt, als es mir gelang und ich mit den Brandungswellen atmete und diese mit mir. Meine Bronchien hatten sich jetzt soweit geöffnet, dass die Luft zusammen mit den rückläufigen Wellen ohne Giemen wieder ausströmte. Der Atem bewegte sich frei, die Widerstände waren verschwunden. Diese Erfahrung wollte ich erst einmal für mich behalten, als mein Geheimnis.

Weltretter am Werk

Obwohl ich mir vorgenommen hatte, während der Kur möglichst keine Nachrichten zu hören, Zeitungen zu lesen oder den Fernseher anzuschalten, drang doch die eine oder andere Meldung zu mir durch. Die Schlagzeile am Kiosk, Radionachrichten im Aufenthaltsraum, das Gerede der Urlauber am Strand spiegelten Breaking News (ein trefflicher Ausdruck) wider, denen man nicht entkommen konnte. Die aufgeschnappten Fetzen klangen in mir nach, und ich versuchte am Abend, sie in eine Ordnung zu bringen. Wenn ich sie schon nicht vergessen konnte – dazu war mein Interesse an manchen Dingen zu groß –, wollte ich sie wenigsten an die Kandare nehmen.

Ganz oben auf der Liste der Probleme stand die Rettung des Klimas. Die Schrecken des Klimawandels wurden bilderreich mit überschwemmten Südseeinseln, geschmolzenen Gletschern und verzweifelten Eisbären ausgemalt. »All das ist die Schuld des Menschen, ist unsere Schuld, ist eure Schuld«, rauschte es aus allen Kanälen. Geowissenschaftler hatte schon längst das Zeitalter des Anthropozän ausgerufen, Klimaforscher geißelten den menschengemachten Treibhauseffekt, Autobauer setzten (nolens volens) auf Elektromobilität, um endlich die CO_2-Emissionen auszuschalten, Techniker spekulierten über die Möglichkeit der Verpressung des Gases unter die Erde, die »Nachhaltigkeit« wurde zu einem Gütesiegel von Produkten und Verhaltensweisen, gigantische Klimakonferenzen wurden abgehalten, die eigenartige Klima-Stars hervorbrachten, Schulkinder gingen massenweise auf die Straße, von Eltern und Lehrern eher ermuntert als zurückgehalten. Wer Zweifel an der Klima-Erzählung anmeldete, sah sich unversehens in die Schmuddelecke der Populisten und Klimaleugner gestellt und wurde assoziativ mit Holocaust-Leugnern in Verbindung gebracht.

Wer den Weltuntergang vor Augen hat, darf keine Sekunde mit der Weltrettung zögern. Wer hier zögert oder sich gar querstellt, ist Saboteur, ein böser Rechter, potenziell ein Nazi. Dabei gibt es viele Prüfsteine, um solch böse Menschen zu identifizieren. Feinstaub, Stickoxid, Diesel, CO_2: Wir leben in einer gigantischen Wolke von gefährlichen, ja tödlichen Giften. Die einzige Rettung besteht in der Ausschaltung dieser Wolke um jeden Preis. Kohlekraftwerke abschalten, Diesel- und möglichst auch Benzinautos verbieten, erneuerbare Energien ausbauen. Ich sah im abendlichen Gegenlicht bei klaren Sonnenuntergängen die breite Batterie von Windrädern weit draußen in der Nordsee, die feine Silhouette des Offshore-Windparks. Nicht immer drehten sich die Propeller oder durften sich drehen. Die riesige Anlage erschien in der Ferne winzig klein und blieb oft tagelang hinter einer Dunstschicht verborgen. Es kam mir absurd vor, den dort erzeugten Strom viele Hundert Kilometer durchs Land zu leiten, um Menschen in Bayern mit Strom zu versorgen. Objektiv war das wirklich verrückt.

Aber die Weltrettung rief, und niemand durfte abseits stehen, auch wenn er gewollt hätte. Kein Argument, keine Berechnung kam gegen die absolute Überzeugung an, keine Widerrede wurde geduldet. Diese gnadenlose Unduldsamkeit machte mich skeptisch und verwandelte mich immer mehr zu einem Zweifler. Ich war weit davon entfernt, die Zustände auf der Erde akzeptabel zu finden. Sicher waren Erde und Menschheit bedroht, aber wahrscheinlich von ganz anderer Seite als die vom Klimawandel besessenen Weltretter dachten. Die ungebremste Zunahme der Erdbevölkerung, die massenweise Migration, die drohenden Großkonflikte mit atomarem Potenzial hatten jeweils eine Sprengkraft, die mir den Klimawandel als das geringere Problem erscheinen ließ. Vor gut Hundert Jahren glaubten fast alle Bewohner der zivilisierten Welt, Gebildete wie Ungebildete, Ärzte wie Laien, durch die Unfruchtbarmachung müsse man die Ausbreitung von Erbkrankheiten unterbinden, da andernfalls die Degeneration der Rasse unaufhaltsam voranschreite. Die Rettung vor dem biologischen Untergang, wenn auch nicht der Welt, so doch der eigenen Rasse, war angesagt.

Was geschah? Die Katastrophe trat tatsächlich ein – aber von anderer Seite als erwartet – nicht durch Degeneration der »Vitalrasse«, sondern durch den Kollektivwahn der Masse, der zum Ersten Weltkrieg mit der daran sich anschießenden Spanischen Grippe führte. Könnte es nicht auch heute so sein? Es liegt etwas in der Luft, die Vorzeichen des Unheils mehren sich – und dann tritt es tatsächlich ein, aber von gänzlich unerwarteter Seite. Ich erinnerte mich an einen Sketch von Heinz Erhard. Zwei gegenüberliegende Türen führen auf die Bühne, auf der ein Arbeiter wartet. Erhard kommt durch die eine herein und sagt: »Ich hätte auch durch die andere Türe kommen können«, worauf er intensiv laut darüber nachdenkt, warum er gerade durch *diese* Tür und nicht die andere eingetreten sei. Ein harmlosnärrisches Gedankenspiel, das die Unsicherheit veranschaulicht vorherzusagen, aus welcher Richtung ein (mehr oder weniger erwünschtes) Ereignis auf uns zukommt. Man ist überzeugt, dass die Katastrophe aus einer ganz bestimmten Richtung eintritt und ist überrascht, dass sie aus der Gegenrichtung kommt. Statt Degeneration, Verblödung und Untergang der Rasse – maschinelles Groß-Gemetzel auf dem Schlachtfeld. Statt menschengemachtem Klimawandel mit der fatalen Erderwärmung – vielleicht in Zukunft ein nicht-menschengemachter Vulkanausbruch mit einer kleinen Zwischeneiszeit.

Gerade heute schnappte ich die Nachricht auf, dass sich Geowissenschaftler und Erdbebenspezialisten sehr für die nicht spürbaren, aber gut zu messenden Bewegungen der Lavaströme interessieren, die tief unter der Erdoberfläche wieder stärker rumoren würden. Den Weltrettern kommt in der Regel der Mensch, die Natur oder wahlweise auch der liebe Gott in die Quere und wirft ihre schönen Berechnungen und Vorhersagen über den Haufen. Mit der Spanischen

Grippe im Anschluss an den Ersten Weltkrieg war ein Gipfel der Querschläge erreicht. Die Lebensreformer mit ihren Träumereien vom wieder zu gewinnenden Paradies, die fortschrittsgläubigen Wissenschaftler und Techniker mit ihren Verheißungen, die von Untergangsängsten geplagten Rassenhygieniker waren desavouiert. Denn der unheilvolle Doppelschlag – erst Weltkrieg, dann Pandemie – kam aus einer gänzlich unerwarteten Richtung.

Greta

Wer hätte gedacht, dass der in Deutschland aus der Mode gekommene Mädchenname Greta, die Kurzform von Margarete, plötzlich so allgegenwärtig die Massenmedien beherrschen und die Gemüter weltweit bewegen würde? Ich saß wieder einmal auf der windgeschützten Aussichtstribüne an der Strandpromenade und hing meinen Gedanken nach. Gretchen – Gretchenfrage – Gretel, die Schwester des Hänsel – Greta Garbo, Kinoheldin und Weltstar – und Greta, die Klimaretterin. Ein blasses, etwas kurz geratenes minderjähriges Mädchen mit merkwürdig selbstgewissem Gesichtsausdruck, verkniffenem Mund und starrem Blick wird innerhalb weniger Monate zu einem ideologischen Global Player, zum wandelnden Symbol für die mögliche Rettung vor dem bevorstehenden Untergang. Sie ist Ikone, Prophetin und Erlöserin in einer Person und die Resonanz, die sie hervorruft, zeigt nur, wie sehr sich die Massen – zumindest so, wie sie uns die Mainstream-Medien vorgaukeln – nach religiöser Führung sehnen. Mit Greta ist eine Führerin auf den Plan getreten, der zu huldigen heilige Pflicht ist. Zeitungen und Fernsehsender sind begierig, die Greta-Story zu verbreiten, staatliche und nicht-staatliche Institutionen buhlen um ihre Gunst, sie wird als mögliche Preisträgerin von diversen Organisationen ins Auge gefasst, selbst der Nobelpreis scheint in greifbarer Nähe. »Subito santo«, lautete der Ruf der Pilger auf dem Petersplatz nach sofortiger Heiligsprechung des Papstes Johannes Paul II. kurz nach dessen Ableben. Greta aus Stockholm scheint schon zu Lebzeiten ein solches Verlangen unter den Gläubigen ausgelöst zu haben.

Auf der Nachbarbank saß eine ältere Dame, die interessiert in ihrer Bild-Zeitung las. Ich konnte nur die Schlagzeile und das dazugehörige Foto mit Greta auf hoher See erkennen. Sie hatte den Unterarm zum Gruß erhoben, die Finger zeigten in die Luft, die Augenlider waren zu einem Schlitz zusammengezogen. Mit meiner Gleitsichtbrille konnte ich die Aufschrift auf ihrem Anorak erkennen: »UNITE BEHIND THE SCIENCE #FridaysForFuture«. Die Klimaretter forderten demnach den Schulterschluss mit »der« Wissenschaft und wollten sich unter ihrem Geleitschutz zusammenschließen. Greta war also mehr als nur eine Sektenführerin oder missionarische Predigerin. Sie war zugleich die Verkünderin der wissenschaftlichen Wahrheit und als solche wurde sie in der medialen Öffentlichkeit mit Wohlwollen und Hingabe gefeiert. Die höchsten Repräsentanten von Staat, Wirtschaft und Gesellschaft wollten nicht abseits stehen und verstärkten den Chor des Lobgesangs auf »diese jungen Leute«, die so engagiert für die Zukunft der Menschheit kämpften.

Aber da gab es noch eine andere Greta, die ebenfalls in Stockholm geboren worden war. Sie war groß und schlank, ein himmlischer und zugleich irdischer Filmstar, in dessen Mikrokosmos das Drama der großen Welt aufleuchtete. Ich musste lachen, als ich mir die beiden Gretas aus Schweden nebeneinander vorstellte. Gegensätzlicher können zwei weibliche Personen kaum sein, dachte ich. Meine Sympathie und mein Mitleid waren sehr ungleich verteilt. Der alten Schwedin galt meine Sympathie, mit der jungen hatte ich Mitleid.

Die Aufschrift »UNITE BEHIND THE SCIENCE« irritierte mich mehr als die ganze Story mit der Atlantiküberquerung per Segelboot. Die Klima- und Weltretter beriefen sich auf die Wissenschaft und fühlten sich somit auf absolut sicherem Grund. Das war weniger für die sendungsbewussten »Aktivisten« peinlich, als vielmehr für die Wissenschaft, genauer gesagt: die Klimaforschung. Deren Verfechter waren sich absolut sicher, dass die Erderwärmung hauptsächlich menschengemacht sei und demnach durch adäquate Gegenmaßnahmen auch vom Menschen in Schach gehalten werden könne. Einwände und Widerlegungen von respektablen Experten gab es zuhauf, sie wurden aber dem Zeitgeist entsprechend marginalisiert und ignoriert. So urteilten in diversen Expertengruppen »Wissenschaftler« über Sachverhalte, von denen sie selbst nur laienhafte Kenntnisse hatten, vergleichbar mit denen von Lieschen Müller. Glaubenssätze sind ansteckend und breiten sich aus, wenn sie eine Masse infiziert haben. Selbst Mitglieder von Wissenschaftsakademien sind keineswegs immun, im Gegenteil: Sie scheinen noch suggestibler (und politisch willfähriger) zu sein, als Otto Normalverbraucher. Als Journalist war mir das zwar geläufig, trotzdem war ich immer wieder erstaunt, wie gläubig die Scientific Community sein konnte und wie intolerant gegen Ungläubige. Dabei sollte es sich doch in Kreisen der Wissenschaft herumgesprochen haben, dass die übergroß erscheinende Mehrheit der Gläubigen gegenüber dem Häuflein der Ungläubigen noch lange kein Beweis dafür ist, dass sie die Wahrheit erkannt hat. Aber jetzt wollte ich nicht mehr länger meinen Gedanken nachhängen und machte mich mit meinem Fahrrad auf den Heimweg. Zeit zum Mittagessen.

Die Gedanken sind frei

Wer kennt nicht das Lied »Die Gedanken sind frei«! Es hat eine stolze Tradition und gehört heute weltweit zu den bekanntesten deutschen Liedern. Selbst Leonard Cohen hat es mit seiner unnachahmlichen Stimme auf Deutsch gesungen, wie auf einem Video-Clip im Internet zu hören ist. Immer, wenn die Freiheit abhanden kam, hatte es Konjunktur. Hoffmann von Fallersleben, der seine Bekanntschaft mit der staatlichen Repression der demokratischen Freiheitsbewegung gemacht hatte, gab ihm den letzten Schliff. Der Clou des Liedes ist, die Freiheit der Gedanken, die »kein Jäger erschießen« könne, jubelnd zu lobpreisen, um sogleich in der zweiten Strophe die Bedingung der Freiheit klar zu definieren:

Ich denke, was ich will,
und was mich beglücket,
doch alles in der Still,
und wie es sich schicket.

Hier werden der Freiheit nicht nur die Flügel gestutzt, sondern regelrecht abgeschnitten. Denn Freiheit im demokratischen Sinn meint ja nicht nur die Freiheit der Gedanken, sondern auch die, sie äußern zu dürfen. Nicht die Gedankenfreiheit macht das Wesen der Demokratie aus, sondern »free speech«, das freie Reden, die Meinungsfreiheit. So ist das schöne deutsche Lied mit seiner Jahrhunderte alten Geschichte ein Zeugnis innerlichen Aufbegehrens und äußerlicher Duldsamkeit, .

Der Käfig der Gedanken wird benannt sowie die Bedingung, unter der man sich seinen Gedanken hingeben darf: nämlich »in der Still« und »wie es sich schicket«. Es ist die Freiheit des Untertanen, die da besungen wird. Sie trifft, will mir scheinen, des Pudels Kern der deutschen Befindlichkeit. Ich war gerührt, als ich auf einem Video-Clip im Internet hören und sehen konnte, wie dieses Lied mit Inbrunst von Demonstranten gesungen wird, die sich als »Patrioten« bezeichneten und von der Antifa attackiert wurden. Der Text war ab der zweiten Strophe politisch aktualisiert. Warum besann man sich ausgerechnet auf dieses Lied, das im Vormärz große Popularität erreichte und Hoffmann von Fallersleben in seine Liedsammlung aufnahm? Mit diesem Lied protestieren heute Demonstranten gegen die allzu handfeste Unterdrückung der freien Rede, die von der Polizei geschützt werden muss.

Das typische Kennzeichen einer Diktatur ist der Abgrund, der sich auftut zwischen dem, was Menschen denken, und dem, was sie sagen, zwischen ihren Gedanken und deren Äußerung. Diesen Abgrund kann man heute besichtigen. Er ist alltäglich, durchzieht alle Bereiches der Gesellschaft und spaltet, was vielleicht das Bitterste ist, Einzelne in sich selbst. Man schaut sich die Leute vorher an, mit denen man über Politik spricht, biegt das Gespräch ab, wenn es unangenehm werden könnte, schaut sich gelegentlich auch über die Schulter, ob da nicht jemand mithört. Man wird vorsichtig und hat Angst, mit den falschen Leuten in Kontakt zu treten. Es gibt viele Themen, die man nicht ansprechen darf, um ungeschoren davon zu kommen. Wer seine Ruhe haben will, sollte in unbekannter Gesellschaft schweigen, wenn von Flüchtlingen, Klimawandel, Diesel, Feinstaub, Energiewende, Islam, Europäische Union, Eurorettung, Trump, Brexit und so weiter die Rede ist. Es könnte schlimm enden. Aber die Gedankenfreiheit ist dabei absolut gewährleistet: Ich darf mir »in der Still« und »wie es sich schicket« denken, was immer ich will, nur tunlichst nicht darüber reden oder schreiben. Wozu auch seine Gedanken an die große Glocke hängen? Zwischen dem Denkorgan und den Sprachwerkzeugen kann einfach ein Riegel vorgeschoben werden, der die Verbindungsnerven blockiert. Das Denken krampft sich in seiner Hirnkammer zusammen, die Sprachwerkzeuge sind gelähmt. Ein jämmerlicher Dauerzustand der Lüge hat sich herausgebildet, das Hauptmerkmal von Diktaturen. Wir Deutsche haben historische Erfahrungen, wie Freiheit mit brutalem Zynismus in Unfreiheit verwandelt werden kann: »Arbeit macht frei« lautete einst die übelste Formel der Freiheits- und Menschenvernichter.

Europas Sternenkrone

Nach dem Abendessen hatte ich das Bedürfnis, noch einen kleinen Ausflug mit dem Rad zu unternehmen. Es würde nicht regnen und die leichte Brise machte Radfahren zu einem Vergnügen. Also fuhr ich an der Strandpromenade entlang zum Kurpark, der von dem Gebäudekomplex des Kurzentrums überragt wird. Hier sind Schwimmbad mit Sauna, die Heilbäder-Abteilung und das Kulturzentrum mit Vortragssaal und öffentlichem Leseraum, in dem die Tageszeitungen bereitliegen, vereint. Ich wollte nur kurz die Tagespresse studieren. Rechts neben dem Portal hing ein prächtiges, mit goldenen Lettern bestücktes Schild: »Errichtet mit Unterstützung der Europäischen Union«, darunter der Sternenkranz als Logo. Auch auf dem Vorplatz wehte in der Fahnenreihe die Europaflagge an mehreren Fahnenmasten. Der Kranz mit zwölf Sterne hat eine tiefere Bedeutung, wie im Wikipedia-Artikel zu lesen ist. Die Zwölf sei traditionell ein Symbol der Vollkommenheit, Vollständigkeit und Einheit. Natürlich denkt man an die zwölf Jünger oder Apostel und an die Krone der Madonna aus zwölf Sternen. Aber auch profanere Beispiele ließen sich hier nennen. Immer, wenn ich das EU-Logo sah, spürte ich in mir einen Widerspruch aufsteigen. Das Symbol selbst schien mir in seiner Gestalt vollkommen, aber das, was es politisch verkörpern sollte, schien mir alles andere als das. So zeigte es bestenfalls ein Wunschbild oder eine Illusion an, war aber bei kritischer Betrachtung eine Lüge.

Ich betrat den Leseraum. Außer mir saß noch eine Dame an einem Tisch und blätterte in der lokalen Inselzeitung. Ich holte mir »meine« Zeitung aus dem Zeitungsständer und setzte mich an den runden Tisch in der Ecke. Das Lesen bei abendlichem Dämmerlicht war beschwerlich. Ich wusste, wo sich der Lichtschalter befand. Man hatte ihn aus welchen Gründen auch immer auf der Hinterseite einer Säule in zwei Meter Höhe versteckt. Das Licht ging an, und die Dame sagte »Danke, sehr nett, ich konnte ja kaum noch etwas sehen.«

Als erstes sah ich mir das Feuilleton durch, also meinen Beritt (das befremdliche Wort drängt sich mir auf). Der Hauptartikel entsprang der Feder eines bekannten Soziologen, der sich mit der europäischen Integration und ihren Feinden beschäftigte. Sein Weltbild war einfach und entsprach genau dem, was überall gesagt, geschrieben und vorgekaut wurde. Auf der einen Seite die Pro-Europäer, die sich nach den Vereinigten Staaten von Europa sehnen und das Aufgehen der einzelnen Nationalstaaten in diesem Gebilde als notwendige Voraussetzung ansehen. Auf der anderen Seite die Europa-Feinde, rechte Populisten und Nationalisten, die egoistisch ihr Land abschotten wollen und eine mehr oder weniger rassistische Ausländerfeindlichkeit an den Tag legen. Ich überflog den Artikel und wunderte mich, dass meine lieben Redaktionskollegen (einschließlich zweier Kolleg*innen) dieses einfältige Geschreibsel so akzeptiert hatten, ein Konglomerat von Allgemeinplätzen und Appellen, die peinlich auf mich wirkten. Man müsse dankbar sein, dass die Europäische Union ein so stabiles Friedensprojekt sei, es gelte, gegenüber den Großmächten wie China und den USA seine Interessen durchsetzen zu können, gerade die Deutschen (gemeint war die deutsche Wirtschaft) hätten von dem gemeinsamen Markt und dem Euro profitiert. Nun aber sei Alles ins Wanken gekommen, Brexit, Trump, Orban und so weiter und so fort.

Schon versetzte ich mich in die Situation der Redaktionssitzung. Hätte ich dem renommierten Universitätsprofessor einer inzwischen zur Exzellenzuniversität aufgestiegenen Hochschule Paroli geboten? Hätte ich mich im Kollegenkreis mit meiner Meinung durchgesetzt, dass hier nur Plattitüden verbreitet wurden, so wenig gehaltvoll wie aufgebrühter Kaffeesatz? Ich war mir nicht sicher, wie ich mich verhalten hätte. Wahrscheinlich wäre ich der direkten Konfrontation ausgewichen, die ich nur hätte verlieren können, da der Zeitgeist wie eine ständige Zugluft fast alle Hirne durchwehte und keinen direkten Widerstand zuließ. Aber es gab ja noch den Kunstgriff der kontroversen Debatte in Form von »Pro und Kontra«, der sich inzwischen ziemlicher Beliebtheit bei den Medien erfreute. Mir fiel auch sofort ein kluger, bissiger und scharfsichtiger Journalist und Schriftsteller ein, den seine Kunst, gegen den Mainstream zu segeln, ziemlich weit getragen hat. Er hatte Bewunderer und wohl noch mehr Neider, die es schlecht ertragen konnten, seine Bücher, besser gesagt: Kampfschriften auf den Bestsellerlisten weit oben zu sehen. Bei diesem Gedanken war mein Gewissen beruhigt: Ja, ich hätte das seichte, gelehrt daherkommende Geschwafel mit einem Beitrag dieses Journalisten konterkariert. Es gab immer Wege, sich querzustellen ohne zum Märtyrer zu werden, in diesem Falle in den Verdacht des Nationalismus oder gar Rechtspopulismus zu geraten und seinen Job aufs Spiel zu setzen.

Ich blätterte weiter in »meinem« Blatt und stolperte über einen langen Artikel mit der Überschrift »Inklusion und Integration: Neue Perspektiven«. Ein Migrationsforscher und eine Sozialpädagogin in akademischen Positionen entwarfen hier ein Panorama der mitmenschlichen Harmonie, die mit etwas gutem Willen zu erreichen sei. Auffallend war ihre gemeinsame Klage über die Unterversorgung der zu Betreuenden, vor allem die zu geringe Anzahl von Spezialkräften, die gesellschaftlichen Vorurteile und destruktiven Kräfte von Rechtsaußen. Ihr Hauptziel war die vollständige Eingliederung der Andersartigen in die Schul-, Arbeits- und Lebensverhältnisse der übrigen Bevölkerung. Das behinderte Kind sollte am normalen Unterricht teilnehmen, was für alle Beteiligten lehrreich sei. Sonderschulen seien wegen der Ausgrenzung der behinderten Kinder letztlich aufzulösen. Selbstverständlich seien sonderpädagogisch ausgebildete Lehrkräfte zusätzlich zur Unterstützung des gemeinsamen Unterrichts einzustellen, außerdem seien die Schulwege, Schulgebäude und Klassenräume entsprechend anzupassen. Eine Reihe von Möglichkeiten wurde aufgezählt, wie man dem Anspruch der Inklusion gerecht werden könne (und müsse). Die akademisch etablierte Sozialpädagogin hatte glänzende Ideen, aber offenbar die Kinder und Lehrer vergessen, denen sie diese Wohltaten angedeihen lassen wollte. Wie in vielen anderen pädagogischen Programmen kamen die Menschen, für die sie gemacht waren, als Personen mit eigenem Erleben und eigener Meinung nicht vor. Mich erinnerte das an die Versuche der Sozialrevolutionäre vor hundert Jahren, den »neuen Menschen« zu schaffen. Bolschewisten und Nazis waren dabei besonders eifrig bei der Sache.

Der zweite Teil des Artikels über die Integration von Flüchtlingen und »Menschen mit Migrationshintergrund« erschien mir wie ein Spiegelbild der Inklusionsgeschichte. Zuerst kam das Klagelied, dann der Appell zum Ärmel-Hochkrempeln und Mitmachen und schließlich die goldene Zukunftsperspektive. Die schlimmen Bedingungen in Flüchtlingsheimen, die schlechte Versorgung insbesondere der traumatisierten Opfer durch Psychotherapeuten, die elend-langen Asylverfahren – das wurde als Sachstandsbericht vorangestellt. Aber jeder könne etwas tun und sich einbringen, etwa als Sprachlehrer, Lotse bei den Behörden, Organisator von Kulturveranstaltungen. Man müsse sich engagieren. Der Wortlaut des legendären Ausspruchs »Wir schaffen das« wurde im Artikel zwar umschifft, aber ich fand den Text als eine gelungene Exegese desselben. Dann schließlich die Vision einer diversen, bunten Gesellschaft, in der die Geflüchteten, Asylanten, Migranten, wie immer man sie einordnen wolle, in der Gesellschaft »angekommen« seien und der Austausch der Kulturen zu einer Bereicherung der einheimischen geführt habe. Man solle sich nicht irre machen lassen, so schloss der hochkarätige Migrationsforscher: Allen rechten, rechtspopulistischen und rechtsextremen Unkenrufen zum Trotz gehe unsere Gesellschaft einer lebenswerten Zukunft entgegen.

Ich ärgerte mich gewaltig. Wie konnte man ein solches Geschwafel ohne Kommentar abdrucken, wenn man es denn überhaupt abdrucken wollte? Es gab genügend kritische Stimmen zu Inklusion und Integration, auf die man verzichtet hatte. Warum diese Einseitigkeit, die im Journalismus Lüge bedeutet? Warum lügen wir uns in die eigene Tasche? Hinter uns steht doch kein Politkommissar mit gezogenem Revolver – oder doch? Ich hatte für heute genug von »meiner« Zeitung und verließ den Leseraum. Die Dame war schon längst verschwunden. Bald würde man das Gebäude abschließen. Ich ging zum versteckten Schalter, machte das Licht aus und ging über das Foyer zu meinem Rad vor dem Eingang. Ich sah das Schild zu Ehren der Europäischen Union im Licht eines Scheinwerfers glänzen, die Sterne funkelten golden im Kreis. Aber sie umrundeten eine Leere. Und es gingen keine leuchtenden Strahlen von ihnen aus wie auf den traditionellen Andachtsbildern der »Himmelskönigin«. Ich wunderte mich, dass mich das Logo der EU an die Sternenkrone der Madonna gemahnte, also an eine Füllung, die ihm gänzlich fehlte. Dann radelte

ich zur Klinik zurück, der Scheinwerfer über dem Vorder-
rad funktionierte.

Melancholie

Das Wetter war an diesem Samstag diesig, auch der Wind konnte die Nebelschleier nicht lüften und die Lebensgeister wecken. Ich ging zum Frühstück in den Speisesaal, neben dessen Eingang ein Messingschild mit englisch stilisierter Inschrift »Dining Hall« angebracht war. Da ich eine viertel Stunde später kam, waren die Butterhörnchen bereits aus dem Brotkorb und die besten Stücke von der Schinkenplatte verschwunden. Ich konnte das verschmerzen, denn morgens genügte mir das Bircher-Müsli, das weniger beliebt war und in der großen Schüssel auf dankbare Abnehmer wartete. Angesichts der blassen Brötchen, des klebrigen, schmal geschnittenen Mischbrots, der Konservenmarmelade und des Honigs aus der Tube erschien mir das Bircher-Müsli wie ein kulinarischer Rettungsring. Es wurde am frühen Morgen hergestellt und schmeckte ausgezeichnet. Vielleicht war der Küchenmeister ein Schweizer, der das Originalrezept aus landsmannschaftlicher Anhänglichkeit oder »Heimwehkrankheit« befolgte, für die ja Schweizer prädisponiert sein sollen.

Am Wochenende hatten die Klinikinsassen wie gewöhnliche Arbeitnehmer oder Werktätige, wie man sie in der DDR genannt hatte, frei. Das bedeutete: keine Anwendungen, Behandlungen, Beratungsgespräche, Gesundheitsvorträge, Gruppenspaziergänge und was sonst noch alles im Programm der Rehaklinik vorgesehen war. Den Beschwerden der Patienten konnte man aber nicht ebenso freigeben. Sie blieben bei diesen zurück. Wahrscheinlich hatte das Nicht-Betreutwerden eine unbeabsichtigte Nebenwirkung: Der Einzelne bekam Gelegenheit, in sich zu gehen und mit sich selbst ins Gespräch zu kommen. So konnte er auf Dinge stoßen, die ihm sonst verborgen geblieben wären.

Mit solchen Gedanken hatte ich nach dem Verzehr des Bircher-Müslis in größerer Menge, einer Tasse Ostfriesentee mit Milch ohne Zucker und einer Banane die Dining Hall verlassen, die an einer Ecke von zwei Angestellten bereits für das Mittagessen umgerüstet wurde. Ich wollte mit dem Rad zur Aussichtstribüne an die Strandpromenade fahren, deren Bänke in den windgeschützten Sitzbuchten zum Verweilen einluden. Mit Blick auf die Nordsee, die auch dann noch rauschte, wenn die Brandung gering war, konnte man in Ruhe lesen, meditieren oder auch nur in die Ferne schauen, wo hin und wieder ein Containerschiff, Fischerkutter oder Motorboot vorbeizog.

Nun saß ich an diesem diesigen Samstagvormittag auf einer windgeschützten Bank und war zum Lesen zu träge. (Obwohl ich mir ausnahmsweise die Samstagausgabe der konkurrierenden überregionalen Zeitung gekauft hatte.) Eine melancholische Stimmung machte sich breit. Traurigkeit und Wehmut mischten sich in süßer Eintracht. Ich hatte das Gefühl, als ob das Leben in meinen Tod rage – oder eher der Tod in mein Leben? Nicht als Gegensätze im Kampf miteinander, sondern als innige Freunde. Melancholie, dachte ich, guten Tag, Melancholie. Mit war bekannt, dass dieser Zustand seit der klassischen Antike als ein Seelenzustand des Schöpferischen angesehen wurde, sogar als Voraussetzung von Genialität. Ich erinnerte mich an den Aufsatz eines Kunsthistorikers, der den Bogen von Aristoteles über Renaissance und Romantik bis in die Gegenwart geschlagen hatte. Im Mittelpunkt seiner Ausführungen stand selbstverständlich »Melencolia I«, der Stich von Albrecht Dürer aus dem Jahr 1514. Zu unzähligen Interpretationen hatte dieses Werk herausgefordert, ein ideales Objekt für die Projektion eigener Weisheiten und Phantasien. In keiner kunsthistorischen Übersicht fehlte der Hinweis auf dieses Bild, dessen Inhalt, wie immer wieder festgestellt, letztlich rätselhaft bleibe – fast so, als fürchte man seine Entschlüsselung.

Mein Gedankenfaden riss an dieser Stelle ab. Eine Gruppe von Jugendlichen, »Halbwüchsigen«, wie es früher hieß, radelte auf der Promenade vorbei, klingelnd, rufend, lachend, sich gegenseitig überholend. Wahrscheinlich kommen sie von der Jugendherberge und radeln zum Strand, dachte ich. Endlich war der Pulk vorbei. Die beschauliche Promenadenatmosphäre konnte sich wieder ausbreiten, und meine Gedanken kehrten zur Melancholie zurück.

Da fiel mir ein, dass es ja noch ein anderes Bildnis gab, weniger beachtet und analysiert als »Melencolia I«, aber nicht weniger rätselhaft. Etwa 20 Jahre nach Dürer schuf Lucas Cranach der Ältere seine »Melancholie« als Ölgemälde, was mir einigermaßen vertraut war, da ich es vor einigen Jahren im Feuilleton meiner Zeitung vorgestellt hatte. (Was wurde nicht alles zum 500. Jubiläum der Reformation thematisiert!) Mit wenigen Fingerbewegungen zauberte ich mir das Bild mit meinem Smartphone herbei, schaute es mir auf dem Display an und überflog noch einmal meinen damaligen Text. Wie bei Dürer sieht man eine junge Frau mit Engelsflügeln dasitzen. Sie schaut entrückt in Richtung von drei spielenden Knaben (Putten), während sie an einem Stock schnitzt. In einer dunklen Wolke links oben vom Betrachter aus gesehen reiten Hexen wild auf Ziegenböcken, Schwein und Windhund durch die Lüfte. Sie entführen einen rot gekleideten Mann, was aber nicht sicher zu erkennen ist. Ich hatte damals in meinem Zeitungsartikel auf die Sichtweise heutiger Interpreten hingewiesen. Sie richten ihre ganzes Augenmerk auf die Wolke im Hintergrund und sehen darin die Darstellung von Hexerei und sexueller Unordnung (»Unzucht«) im 16. Jahrhundert. Die Schar nächtlich ausfahrender Geistwesen wird als Metapher für sexuelle Ausschweifungen gedeutet. Ein Philosoph verstieg sich sogar zur Aussage: »Lukas Cranach malte sie als verführerische, lüsterne Venus in rotem Gewande. Die Melancholie übt also selbst gleichsam Liebesreize aus – und ersetzt so die Liebe.« Offenbar übersah der gute Mann ihre Flügel, ihre züchtige Haltung und ihren vergeistigten und keineswegs lüsternen Gesichtsausdruck. Doch warum erscheint die junge Frau in Engelsgestalt? Warum hat sie so gar nichts mit einer »Venus« gemein, die verführerischen Liebeszauber praktiziert? Hierzu hatte ich in der Literatur keine Antwort gefunden.

Diese Bildbetrachtung hellte meine melancholische Stimmung auf, ich sah die Sonne hinter den Wolken hervorkommen. Ein Blick auf die Uhr sagte mir, dass es Zeit sei, zum Mittagessen zurück in die Klinik zu fahren. Ich stand auf, nahm meinen Rucksack und stieg die Treppe hinunter zu meinem Rad. Als ich den Schlüssel ins Ringschloss steckte, machte es Klick. Zugleich hatte ich einen Einfall, der nicht widerspenstig war, sondern eher ein Geistesblitz. Cranachs Gemälde würde sich wunderbar als Coverbild für mein Buch eignen. In diesem Augenblick, als ich mir den Buchdeckel mit dem Bild vorstellte, war für mich die Entscheidung gefallen: Ich würde meine »widerspenstigen Einfälle« veröffentlichen.

Windräder am Horizont

Eines Abends saß ich auf einer Bank an der Strandpromenade und konnte den Sonnenuntergang in aller Ruhe genießen. Der Himmel über dem Meer färbte sich vom Rötlichen ins Violette und der Sonnenball sank unaufhaltsam auf den Horizont nieder und näherte sich jener Linie, auf der sich Himmel und Wasser berühren. Auf dem Meer sah man noch ein oder zwei Segelboote, die über Nacht in Küstennähe ankerten. Urlauber strömten auf der Promenade vorbei. Ihre gut gelaunten Gespräche und der zufriedene Ausdruck ihrer von Wind und Sonne geröteten Gesichter ließen erkennen, dass sie ihre Abendmahlzeit hinter sich hatten. Der typische Geruch von gebratenem Fisch durchzog die Luft. Die Stunde der Eisverkäufer war gekommen. Vor den Eistheken bildeten sich geduldige Warteschlangen, niemand hatte es eilig, da die Bäuche bereits gefüllt waren und jetzt nur noch das Eis zum vollen Glück fehlte. Die Luft war immer noch warm, aber durch die abendliche Seebrise zugleich frisch und für die von der Sonne gereizte Haut angenehm kühlend.

Der Zeitpunkt war gekommen, zu dem sich der Horizont im Gegenlicht offenbarte und das enthüllte, was tagsüber hinter einem Dunstvorhang verborgen war: eine Armada von Windrädern, wie eine riesige Kriegsflotte auf hoher See. Dort draußen sollten sie uns vor dem Untergang schützen und »erneuerbare Energie« erzeugen. Die Türme in der Ferne sahen aus wie Zahnstocher, die jemand auf der Horizontlinie eingesteckt hatte. (Sie waren zu weit weg, offshore, um den Eindruck von Spargeln zu machen, weswegen die Redeweise von der »Verspargelung« der Landschaft nicht zu solchen Anlagen auf hoher See passt.) Aus der großen Entfernung konnte man die Propeller kaum sehen. Nach offiziellen Plänen sollte der dort erzeugte Strom durch ganz Deutschland bis nach Bayern fortgeleitet werden. Diese Idee kam mir zwar verrückt vor, da Bayern doch selbst Möglichkeiten der Energieerzeugung besaß und von potenten Nachbarländern umgeben war, aber ich dachte mir nur mein Teil und vermied es, mit anderen, mir fremden Menschen, aber auch mit Bekannten, die der Windradphilosophie anhingen, darüber zu reden. Je mehr die Menschen um ihr täglich Brot kämpfen mussten und je geringer der Betrag war, der ihnen nach Zahlung der Miete übrig blieb, ums weniger erhoben sie Einspruch, wenn ich mich despektierlich über die Windräder, die modernen Kathedralen der Klimareligion, ausließ. Je »gebildeter« sie waren und je üppiger sie ihren Lebensstil pflegen konnten, umso unleidlicher wurden sie bei lästernden Schmähreden. Da mir aber sinnloses Gezänk zuwider ist und ich niemanden bekehren will, halte ich lieber den Mund. Ich will meine Ruhe haben.

Vor dem Zeitalter der Windparks zur Erzeugung von Elektrizität waren mir nur drei Typen von Windrädern bekannt: Windräder zum Wasserpumpen in Gärtnereien, Windräder an historischen Mühlen für Hobby-Müller und Touristen sowie Windrädchen für Kinder. Letztere gehörten zur Standardausrüstung von Familien, die ihre Sommerferien an der See verbrachten. Sie wurden zur Verzierung von Sandburgen in die Schutzwälle derselben eingesteckt und drehten sich zum Vergnügen von Kindern und Erwachsenen unentwegt in der Brise. Ein virtuelles Windrad symbolisierte das Durchgedreht-Sein von Irren, Verrückten, Spinnern. Wenn wir als Kinder jemanden nicht leiden mochten, malten wir ihn als Mondgesicht und setzten ihm ein »Spinnrad« auf die Stirn.

Diese Gedanken gingen mir beim Anblick der Zahnstocher am Horizont durch den Kopf. Sie waren keineswegs messerscharf und mit Emotionen aufgeladen. Eher zirkulierten sie in ruhigen Bahnen irgendwo durch meine Nerven und ließen Erinnerungen aufblühen. Je stärker diese Erinnerungsbilder waren, umso mehr vergaß ich den Ausgangspunkt, verschwamm der Horizont und verschwanden die Windräder. Jede Zeit hat wohl ihre Vision von Größe und Nachhaltigkeit, die sich vor allem in Bauwerken verewigen möchte: Pyramiden und Paläste, Burgen und Schlösser, Kathedralen und prunkvolle Rathäuser zeugen davon. In dieser Hinsicht können sich die Windparks mit solchen historischen Baudenkmälern messen. Auch sie kosten eine Unmenge Geld, das von steuerpflichtigen Untertanen eingetrieben wird. Ihre flächendeckende Verbreitung hat gigantische Einschnitte in Fauna und Flora zur Folge und vervollkommnet den fortschreitenden Verbrauch der Landschaft .

Die »Windparks« sind heute eine Manifestation der staatstragenden Ideologie, die um die Begriffe »Klimawandel« und »Energiewende« kreist. Sie überziehen als Symbole der »Nachhaltigkeit« das Land und können von niemandem mehr übersehen werden. Sie strahlen eine religiöse Verheißung aus: Seht her, wir können die Welt vorm Untergang retten! Ihr müsst nur an uns glauben! Was geschieht aber mit den Ungläubigen, den Häretikern, Apostaten, Dissidenten? Die müssen zur besseren Einsicht gezwungen werden, schallt es den Skeptikern entgegen. Folter und Scheiterhaufen sind heute aus der Mode gekommen, Umerziehungslager und psychiatrische Sonderbehandlungen gibt es allerdings noch in verschiedenen Teilen der Welt. Das probate, mit dem Grundgesetz konforme Mittel bietet heute die Steuerpolitik an, womit gewisse Eigenwilligkeiten eingehegt werden können, um dem großen Ziel der Weltrettung und moralischen Verbesserung des Menschen näherzukommen. Schon schwärmen einige Wortführer vom neuen Menschen. Sie singen das alte Lied und merken es nicht, peinlich.

Gott mit uns

Kirchentage kommen mir vor wie große Jahrmärkte, auf wenige Tage verdichtete Freizeitparks, Wohlfühl-Messen für die Massen. Aber sie haben ein Alleinstellungsmerkmal: die direkte Beziehung zu Gott, jenem höchsten Wesen, in dessen Dienst man sich in der Menge singend, feiernd und betend stellt. »Vertrauen« ist deshalb ein oft bemühtes Leitwort, in älterer Ausdrucksweise »Gottvertrauen«. Ich habe Respekt vor dieser Einstellung, die Menschen in unsicherer Lage stabilisieren und ihnen Kraft zum Weiterleben geben kann. Es ist ein Selbstvertrauen, das die Illusion der Selbstherrlichkeit hinter sich gelassen hat. Es ist eine Gewissheit, die sich nicht mit Worten oder Taten vergewissern muss. So ungefähr stelle ich mir »Gottvertrauen« vor, ein In-sich-Ruhen trotz aller Unruhe ringsumher.

Aber es gibt einen höchst aggressiven Gegenpol zu diesem Gottvertrauen, der im Schlachtruf »Gott mit uns« kulminiert. Er wird gegen den Feind ausgestoßen, hinausposaunt, als Banner vor sich hergetragen. Er behauptet nichts anderes, als dass die anderen, wogegen er sich richtet, die Gottlosen, die Bösen, die zu Besiegenden sind. »Gott mit uns« ist die logische Grundformel aller totalitären Bewegungen, die anders Denkende, Aussehende, Sprechende unter ihre Herrschaft bringen und in letzter Konsequenz vernichten wollen. Anstelle von »Gott« können andere Übermächte treten wie »Wahrheit«, »wissenschaftlicher Fortschritt«, »Rasse« oder »dialektischer Materialismus«. Wehe denen, die dort, wo ein solcher Glaube die Oberhand gewonnen hat, nicht parieren. Sie riskieren Freiheit und mitunter ihr Leben.

Ich stöberte an diesem Abend im Internet, während durchs Fenster der Sonnenuntergang zu beobachten war. Da gab es doch eine denkwürdige Predigt, die eine Pastorin beim Abschlussgottesdienst des letzten Kirchtags gehalten hat. Ich war durch einen bissigen Kommentar darauf aufmerksam gemacht worden. Tatsächlich fand ich einen ausführlichen Zeitungsbericht zu diesem sakralen Ereignis. Ich nehme an, dass die Predigerin es von Herzen gut meinte. Zumindest konnte sie sich der positiven Resonanz Tausender Besucher sicher sein, die sich an diesem Sonntagvormittag auf freiem Feld versammelt hatten. Sie sagte:

»Wir sehen, wo Gott in der Welt wirkt – durch die Leute von Sea-Watch, SOS Méditerranée und Sea-Eye, durch Greta Thunberg und die Schülerinnen und Schüler, durch so viele andere – und dabei machen wir mit.«

Jeder Zweifel an diesem Mitmachen wurden dann mit der bekannten Grundformel erstickt, die bei ihr folgende Wendung hatte:

»Wir haben Gott an unserer Seite. Seine Zeit ist ganz und gar nicht vorbei.«

Damit sind die Fronten klar: Die »Seenotretter«, die Hand in Hand mit den berufsmäßigen Schleppern auf dem Mittelmeer tätig waren, und die Friday for Future-Demonstranten zur Rettung des Klimas arbeiten in göttlicher Mission und insofern wir sie feiern, haben wir Gott auf unserer Seite. Wer wagt da noch zu widersprechen und sich als Ketzer und übler Rassist, Rechtsextremer, Klimaleugner oder Nazi in die Ecke stellen zu lassen.?

Eine bestimmte Variante hat inzwischen in Europa eine schaurige Aktualität erlangt: »Allahu akbar«, Gott ist der Größte, der Schlachtruf islamistischer Attentäter. Die absolute Gewissheit, im Dienste Gottes zu handeln und seine Befehle auszuführen, erweist sich dann als Motiv für die blutigsten Abschlachtungen von Mitmenschen. Es ist immer dasselbe Lied, das von Gotteskriegern welcher Couleur auch immer angestimmt wird, um ihre Verbrechen zu rechtfertigen.

Inzwischen war die Sonne tatsächlich untergegangen, die Urlauber auf der Strandpromenade hatten ihre Fotos geschossen, das »Kurkonzert« (falls man das von Verstärkern hervorgerufene Wummern einer Dreierband so bezeichnen kann) war längst verstummt und die Lichter der vor Anker liegenden Yacht leuchteten wie Meeressterne. Das Bild des Friedens überzog meine aufgewühlten Gedanken und ließ mich die Gotteskrieger vergessen. Ich atmete die frische Nachtluft und merkte mit Freude, wie sie ungehindert ein- und ausströmte.

Gemeinschaft der Heiligen

Hatte die Tischgesellschaft anfangs noch den Charakter einer Essensgemeinschaft – beschäftigt mit Nahrungsaufnahme und ruminierenden Kommentaren –, so entwickelte sie bald eine Art Gesprächskultur, die nicht nur eigenes Leiden und dessen Behandlung, sondern auch allgemeinere Themen betraf. Freilich waren die »Schnittmengen« gemeinsamer Interessen begrenzt. Helli Kraushaar war ein großer Fußballfreund und glühender Anhänger von Borussia Dortmund. Er verfolgte die Bundesliga-Spiele sehr genau und beurteilte die Ergebnisse mit souveräner Kompetenz.

»Statt Polizist hätten Sie Fußballtrainer werden sollen«, rief ich ihm einmal mit anerkennender Ironie zu. »Sie wären der richtige, um den BVB wieder zur Meisterschaft zu führen«.

»Tja, nach der Reha bin ich bestimmt so fit, dass ich mir eine Bewerbung überlegen kann«, lachte er.

Mit Niki Kleinstrauch wäre ein solches Scherzen nicht möglich gewesen. Die Professorin für Gender Studies hatte keinen Sinn für Unsinn. Ihre ideologische Brille rückte ihr alles, was ihr begegnete, in unerbittlicher Schärfe vor Augen. Kleine Menschen, so das gängige Klischee, sind besonders ehrgeizig und leistungsbesessen. Alfred Adler hatte dies mit dem »Minderwertigkeitskomplex« erklärt. Die Zwerge wollen die Normalwüchsigen übertrumpfen und müssen deshalb Manko überkompensieren – eine simple Erklärung für die Beobachtung, dass gerade kleine Leute zu erstaunlichen Leistungen fähig sind. Und Niki war klein und auf ihrem Gebiet vermutlich leistungsfähiger als die meisten anderen. Eines Mittags lag auf jedem Platz ein Einladungszettel zu einem Abendvortrag im Haus (»Eintritt frei«). Eine Lungenärztin sollte über die Heilkraft des Nordseeklimas referieren. »Rehabilitand*innen und Gäste herzlich willkommen« stand am Ende des Textes. Beim Nachtisch stellte ich die Frage in die Runde, wer heute Abend zum Vortrag ginge. Nur Niki Kleinstrauch hatte das vor. Wir anderen drei wollten lieber das milde Wetter nutzen und zu einem nahe gelegenen Biergarten in den Dünen gehen.

»Wenn ich schon hier bin, möchte ich doch die Gelegenheit nutzen, etwas dazuzulernen. Überhaupt ist das kulturelle Angebot auf der Insel miserabel.« Damit hatte sie freilich recht. Außer Gottesdiensten der verschiedenen Konfessionen (römisch-katholisch, reformiert-protestantisch und lutherisch) und den wöchentlichen Einführungsvorträgen der Kurverwaltung für neu angekommene Gäste gab es kein nennenswertes Angebot, einmal abgesehen von den täglichen »Kurkonzerten«.

Ich schaute auf den Einladungszettel und meinte: »Die Verhunzung der Sprache schreitet unaufhaltsam voran. Aber wenn schon Gender Mainstreaming: Müsste es nicht ›Rehabitand*innen und Gäst*innen‹ heißen? Warum soll der Gast immer männlich sein!« Ich zückte meinen Kugelschreiber, strich das »e« von »Gäste« durch und ergänzte »Gäst*innen« mit Sternchen.

»Klaro!«, rief Kate und klatschte in die Hände.

»Wat soll de Quatsch mit dem Sternschen, würde man in Köln sagen«, meinte Helli Kraushaar, der ein paar Jahre lang in Köln gelebt hatte und gerne auf diese Episode zurückgriff.

Nur Frau Professor Kleinstrauch war nicht amüsiert. Sie empfand das Gespött fehl am Platz und ihr Gesicht wirkte noch angespannter als sonst. Sie schüttelte verzweifelt den Kopf und ihr Haar stand noch mehr zu Berge als gewöhnlich.

»Machen Sie sich nur lustig über diese notwendige Sprachregelung. Sie ist ein Schritt zur Gleichstellung, der klein aussieht, aber unser Bewusstsein tief beeinflusst. Denn die Sprache bestimmt unser Sein, könnte man sagen.« Sie redete sich in Rage, beruhigte sich aber mit dem Gedanken, dass die Evolution der Menschheit hin zur Gleichstellung der Geschlechter, ja jeglicher Geschlechter, ein unumkehrbare Entwicklung sei. »In ein paar Jahren werden Sie nicht mehr lachen«, meinte sie abschließend. Tatsächlich verging uns anderen dabei das Lachen schon jetzt, denn der gender-mäßige Neusprech hatte schon längst seinen Siegeszug in Amtsstuben, Verwaltungen und Hochschulen angetreten und seine Alleinherrschaft war absehbar.

Beim Kaffeetrinken am Nachmittag sah mich zufällig Kate Engelmann und setzte sich zu mir an den Tisch (hier galt die Tischordnung nicht, da nachmittags im Speisesaal ein eigener Bereich für die Kaffeetrinker ausgewiesen war). Wir kamen natürlich auf das dämliche Gespräch über das Gender Mainstreaming zu sprechen, bei dem uns die Kleinstrauch die gute Laune verdorben hatte.

Kate war über die Kultur ihres schwäbisches Heimatlandes und dessen Geschichte gut informiert. Ein Spezialgebiet war die Ausstrahlung des Pietismus. Sie spannte gerne den Bogen von Oetinger bis Hermann Hesse, wie ich aus einem früheren Gespräch mit ihr erfahren hatte. Im Folgenden verzichte ich darauf, ihren schwäbischen Zungenschlag zu imitieren, was dem Inhalt unseres Gesprächs einen komischen Unterton verpassen würde. Wir erhoben uns bald über die Niederungen der Gender-Diskussion am Mittagstisch und kamen so zu sagen zu den letzten Dingen.

»Es ist ein langer Weg, bis sich unsere Tischrunde zu einer Gemeinschaft der Heiligen entwickelt«, meinte Kate verschmitzt. »Ich meine nicht die Gemeinschaft der Gleichgestellten, Gleichberechtigten, Gleichverdienenden, Gleichdenkenden und so weiter.«

»Ich glaube auch nicht an die Gemeinschaft der ›neuen Menschen‹, wie sich das alle möglichen Ideologien so vorstellen. Wir haben im 20. Jahrhundert genügend Gemeinschaften dieser Art erlebt. Ich brauche die Namen ihrer Führer nicht zu nennen«, sagte ich.

»Gibt es nicht auch eine unheimliche Gemeinschaft zwischen Lebenden und Toten? Wenn wir das Buch eines Autors lesen, der uns aus dem Herzen spricht zum Beispiel. Oder eine längst verstorbene Person, mit dessen Leben und Werk wir uns immer wieder beschäftigen, sodass sie fast zu unserer Familie gehört? Ich denke, dass es so etwas gibt und das wir in bestimmter Konstellation von einer Gemeinschaft der Heiligen sprechen können. Damit meine ich nicht in erster Linie die von den Päpsten Heiliggesprochenen, obwohl die dazugehören können.« Sie hielt inne und schaute mich an.

»Ich weiß, was Sie meinen«, antwortete ich. »Ich glaube, so etwas gibt es tatsächlich. Aber es gibt ein Problem. Wie können wir diese – nennen wir sie ruhig so – Gemeinschaft der Heiligen von der Gemeinschaft der Besessenen und Wahnsinnigen und der Gemeinschaft von teuflischen Menschen unterscheiden? Das Problem ist zu keiner Zeit klar gelöst worden und erscheint mir letztlich unlösbar.«

»Ich wäre nicht so pessimistisch«, meinte Kate. »Es gibt etwas in jedem Menschen, eine untrügliche Kraft, die ihm ermöglicht, zu seiner Gemeinschaft der Heiligen zu gelangen.«

Ich hätte nie gedacht, dass ein solches Thema beim Nachmittagskaffee in einer Rehaklinik zu besprechen wäre. Später, als ich Reichweins Notizen las, sollte sich zeigen, dass die »Gemeinschaft der Heiligen« tatsächlich ein faszinierender Gedanke ist.

Handgeschriebene Briefe

Marlies hatte damals mein bilderreiches Feature über die Kneipp-Kur im Feuilleton der Weihnachtsausgabe gelesen. Einige Wochen später schrieb sie mir in ihrer schwungvollen, harmonisch abgerundeten Handschrift einen Brief. Sie gehört zu den wenigen Menschen, die ich kenne, die eine handschriftliche Briefkultur pflegen, zu der auch der Einsatz eines hochpreisigen Füllfederhalters mit edler Feder, gediegenes Briefpapier und königsblaue Tinte gehören. Dienstliche und geschäftliche Korrespondenz erledigte sie elektronisch, wer einen Brief per Post von ihr erhielt, gehörte zu ihrem Freundeskreis und durfte sich geehrt fühlen. Der Brief war eine Seite lang und die Schrift passend arrangiert.

Hallo Gustav,
ich habe deinen Bericht über die Kneipp-Kur gelesen. Er ist gefällig geschrieben und mit schönen Bildern versehen. Kurdirektor und Bürgermeister können sich freuen. Eine bessere Marketing-Aktion hätten sie sich nicht wünschen

können. Ich meine das nicht (nur) ironisch, denn du kannst die Leser wirklich erreichen und sicher viele begeistern.

Aber was hast du mit Herrn Reichwein, dem Atemkünstler in der Eifel, angestellt? Ich war so gespannt auf deinen Bericht, stattdessen bekam ich Wassergüsse, Bewegungsbäder und Diätpläne vorgeführt. Adam Reichwein und seine Erfahrungen sind wirklich spannend und geheimnisvoll und hätten zum spirituellen Hintergrund von Weihnachten gepasst, oder etwa nicht? Auch wenn du sie für abwegig hältst – unterschätze die Zeitungsleser nicht! Sie »dürsten« danach. Als Ethnologin merke ich das tagtäglich.

Trotzdem (ich hasse »nichtsdestotrotz«): Ich wünsche dir noch nachträglich alles Gute zum Neuen Jahr, in dem wir uns hoffentlich einmal wiedersehen,

Marlies

Ich spürte ihre Enttäuschung, vielleicht sogar Verachtung wegen meiner Feigheit, meines Opportunismus. Ich machte erst gar nicht den Versuch, mich zu rechtfertigen oder zu entschuldigen. Ich wusste, dass so etwas bei ihr wirkungslos bleiben würde, und reagierte nicht auf den Brief. Als mein Kuraufenthalt auf der Insel feststand, hatte ich die Idee, ihr Näheres mitzuteilen und mich noch für Ihren Brief »nachträglich« zu bedanken. Aber ich vergaß diesen Vorsatz. Ein paar Tage nach Eintreffen in der Kurklinik verschickte ich eine Handvoll Ansichtskarten, die kostenlos an einem Ständer an der Rezeption angeboten wurden. Die Luftaufnahme zeigte den ansehnlichen roten Klinkerbau, die grün bewachsenen Dünen, den hellgelben Strand und die grünlich-blauen Nordsee, auf der Rückseite war sogar die Klinikadresse abgedruckt. Eine solche Werbekarte schickte ich mit einer knappen Grußformel an Marlies.

Ich war überrascht, als mir eine Woche später die Dame an der Rezeption einen Brief überreichte, dessen mit königsblauer Tinte geschriebene Adresse sofort verriet, vom wem er stammte. Die Botschaft war knapp und präzise.

Hallo Gustav,

wie geht es Dir? Bin am kommenden Wochenende auf der Insel und im Alten Friesenhof untergebracht. Wir könnten uns dort am Freitag oder Samstag zum Abendessen um halb acht treffen. Ich lade Dich ein. Die Sache mit der ATEM-KUNST interessiert mich, habe übrigens Reichwein kürzlich getroffen.

Gib der Hotelrezeption bitte eine Nachricht für mich, wann es dir passt.

Herzlich, bis dann,

Marlies

Sie hatte nicht vergessen, die Telefonnummer der Hotelrezeption als Postskriptum anzugeben.

Ihr Brief löste ein zwiespältiges Gefühl bei mir aus. Ich freute mich auf eine Abwechslung in meinem durchgeplanten Kurleben, zugleich empfand ich ihre Einladung als eine Attacke auf dessen geruhsamen Lauf. Ihr bevorstehendes Auftauchen auf der Insel erzeugte in mir eine Spannung der Ungewissheit. Ich hatte fleißig Abend für Abend widerspenstige Einfälle in den Laptop eingegeben, und nun würde dieser Fluss unterbrochen, vielleicht sogar umgeleitet oder ganz versiegen, wer weiß? Ich verscheuchte meine Befürchtungen und sagte mir, dass Marlies' Besuch auf der Insel nicht meine Einfälle blockieren würde, vielleicht aber deren Widerspenstigkeit. Diese Aussicht erschien mir nun verlockend: Anstelle von misanthroper Griesgrämigkeit über den Lauf der Welt gab es ja auch glücklichere Momente in uns selbst zu entdecken. Am Abend war mir die Sache klar: Ich rief im Alten Friesenhof an. Man solle Marlies, die in drei Tagen eintreffen würde, bitte ausrichten, dass ich am Freitag um halb acht zum Abendessen käme.

Reichweins Notizen

Marlies saß schon im Foyer des Alten Friesenhofs, als ich ankam. Ich erkannte ihren Wuschelkopf von Weitem. Sie stand auf, als sie mich kommen sah, lief mir entgegen und umarmte mich. Wir freuten uns über das Wiedersehen. Im Restaurant geleitete uns eine junge Kellnerin zum reservierten Tisch an der Fensterfront, von wo aus man einen Bilderbuchblick über die Strandpromenade hinweg auf die Nordsee hatte. Der Tisch war klassisch eingedeckt und wir nahmen Platz. So saßen wir uns gegenüber und schwiegen – wie man erwartungsvoll zu schweigen pflegt, bevor ein Vortrag oder Konzert beginnt. Aber was hatten wir zu erwarten? Ich hatte keine Ahnung und war gespannt auf ihre Botschaft. Wir studierten die in Schweinsleder gebundene Speisekarte. Heute sei die Kutterscholle besonders zu empfehlen, meinte die Kellnerin, deren Rat wir gerne folgten. Dazu würde natürlich ein Weißwein passen, hier würde sie zu einer Flasche Chardonnay raten. Erleichtert stimmten wir zu und waren froh, die Bestellung so rasch hinter uns gebracht zu haben. Zum Aperitif gab es ein Glas Sekt. Wir stießen auf unser Wohl an. Der Zeitpunkt war gekommen, an dem die Vorstellung beginnen konnte und der Bühnenvorhang sich öffnete.

»Was macht deine Kur? Hat sich dein Asthma gebessert?« Sie blickte mich fragend an.

»Es ist viel besser geworden«, sagte ich. »Die Seeluft tut meiner Lunge gut. Ich kann endlich wieder frei atmen, obwohl die Bronchien manchmal noch pfeifen. Die Anwendungen in der Klinik sind nicht schädlich, aber gegenüber der Luftkur wahrscheinlich weniger wirksam.«

»Wann kannst du deine Arbeit wieder aufnehmen?« fragte sie.

»Wahrscheinlich kehre ich Mitte September zur Redaktion zurück. Die Auszeit könnte gerne noch länger dauern«, seufzte ich. Ehrlich gesagt hatte ich, je länger ich auf der Insel war, umso weniger Lust auf den Alltag im Zeitungsbetrieb.

Allmählich fanden wir in unser Gespräch. Ich erzählte von meiner Tischgesellschaft, den Eigentümlichkeiten einer Heilkur, meinem hartnäckigen Versuch, widerspenstige Einfälle aufzuzeichnen. Sie berichtete von der angespannten Situation an ihrem Institut, wo nach Pensionierung des Institutsdirektors gerade das Berufungsverfahren für die Wiederbesetzung des Lehrstuhls ins Stocken geraten war.

Bei der Nachspeise (heiße Himbeeren mit Vanilleeis und Sahne) hob Marlies plötzlich den Kopf, räusperte sich und verkündete geheimnisvoll, dass sie mir jetzt etwas Interessantes mitzuteilen habe. Nachdem ich ja so kläglich von

Adam Reichwein, dem Atemkünstler, abgerückt sei, was sie immer noch nicht ganz verstehen könne, habe sie ihn im Frühjahr wieder besucht.

»Es war wie immer, ich kam zum Mittagessen, das seine Frau vorbereitet hatte, wir saßen dann bis zu seiner Mittagsruhe am Küchentisch.«

»Hatte er was Neues zu bieten?« fragte ich mit leicht süffisantem Unterton.

»Ja, tatsächlich hatte er Neues zu bieten. Er verkündete: ›Ich werde Ihnen jetzt etwas zeigen, das vor Ihnen noch niemand gesehen hat, außer meiner Frau natürlich. Hier ist es.‹ Er zog ein Bündel von Schreibheften aus der Schublade des Küchentischs und legte sie vor mir hin. ›Das sind meine Erinnerungen an meine Entdeckung. Die Hefte sind nummeriert, die Einträge mit Datum versehen. Meine Handschrift ist leicht zu entziffern. Sie sind Ethnologin und können damit vielleicht etwas anfangen. Ich vertraue Ihnen meine Atem-Hefte, wie ich sie nenne, für Ihre Forschungen an. Ich mache das aber nur unter der Bedingung, dass sie mir hoch und heilig versprechen, meine Anonymität absolut zu wahren. Außerdem möchte ich Sie bitten, mir meine Hefte bald wieder zurückzugeben, sobald Sie diese gescannt haben.‹«

»Das klingt ja vielversprechend«, meinte ich. »Was hast du dann gemacht?«

»Ich habe mich bedankt, die Hefte mitgenommen und sie dann nach dem Scannen wieder persönlich zurückgebracht. Dass sie auf der Post verlorengehen, wollte ich nicht riskieren.«

»Was steht denn in den Heften? Hast Du die Notizen gelesen?«

Sie zögerte mit der Antwort, als wollte sie mich provozieren und meine Spannung erhöhen.

»Ja, ich habe hineingeschaut, aber bis jetzt nicht Alles gelesen. Aber was ich gelesen habe, klingt phantastisch. So etwas ist mir als Ethnologin in unserer Region noch nie begegnet.«

Sie schlug mit ihren Händen auf den Tisch, um ihre Verwunderung zu unterstreichen. Die heißen Früchte mit Vanilleeis waren längst gegessen, das Geschirr abgeräumt, die Flasche Wein fast geleert. Wir bestellten uns zum Abschluss noch einen Espresso, während die Kellnerin unsere Gläser mit dem restlichen Wein gleichmäßig füllte.

Nachdem wir ein letztes Mal angestoßen hatten, ließ Marlies die Katze aus dem Sack und griff in ihre Umhängetasche.

»Lieber Gustav« , sagte sie feierlich, »ich habe dir etwas mitgebracht. Vielleicht kannst du ja diesmal eine Geschichte für deine Zeitung daraus basteln. Oder einen Roman für dich selbst. Auf jeden Fall dürfte es für dich, der mit Asthma zu tun hat, besonders interessant sein. Hier sind die Hefte als Kopie.«

Sie legte das verschnürte Papierbündel vor mich auf den Tisch und schaute mich neugierig an.

Ich war überrascht und überrumpelt. Sie hatte mich mit einem Objekt befrachtet, das einem auch zur Last fallen konnte. Insofern war meine Reaktion zwiespältig, aber die Lust auf ein Abenteuer überwog.

»Wir könnten uns morgen Mittag zum Lunch treffen und dann ein bisschen mit den Rädern über die Insel fahren«, schlug ich vor. »Das Wetter soll erträglich werden, jedenfalls ist mit Temperaturen um 20 Grad zu rechnen.«

»Ja, treffen wir uns doch einfach im Lokal gegenüber dem Strandpavillon gegen 12 Uhr, High Noon«, sagte sie rasch. »Am Sonntagmorgen werde ich dann ganz früh mit dem ersten Schiff verschwinden.«

Die Zeit des Abschieds war gekommen. Ich zog meinen Anorak an und packte Reichweins Notizen unter den Arm. Wir verabschiedeten uns mit Wangenküssen und mussten beide lachen. Wir hatten automatisch die Standard-Form gewählt, die eine gemeinsame Erinnerung wachrief. Als Studenten hatten wir eine beliebte Vorlesung über kulturelle Riten in Frankreich besucht, in der auch die lokalen Besonderheiten der Wangenkuss-Kultur anschaulich und genüsslich anhand von Landkarten und Fotos demonstriert worden waren. Der Ethnologie-Professor war ein frankophiler Genussmensch, der seine Forschungen genial mit seinen Vorlieben kombinierte. Zwei Kriterien seien relevant, so seine Botschaft: die Anzahl der Küsschen und der Umstand, mit welcher Wange zuerst zu beginnen sei. Damals lernten wir, dass man mit dem Standard (rechte Wange zuerst, zwei Küsschen insgesamt) nichts falsch machen könne, obwohl die Spezialforschungen regionale Unterschiede festgestellt hätten (linke Wange zuerst in Südfrankreich, vier Küsschen in manchen nördlichen Regionen).

Observatio I

Für das Mittag- und Abendessen hatte ich mich nach dem Frühstück an der Klinikpforte abgemeldet. Der Abspeisung in der Dining Hall war ich also für heute entronnen. Die Tischgesellschaften in ihren Vierergruppen lösten sich an Wochenenden ohnehin wegen Ausflügen, Besuchen oder anderer Unternehmungen auf, sodass mein Fernbleiben kaum Anlass zu Nachfragen geben würde. Reichweins »Atem-Hefte« lagen auf meinem Schreibtisch und ich scheute davor zurück, das Konvolut anzutasten. Aber bis zum Lunch mit Marlies hatte ich genügend Zeit, um einen Blick hineinzuwerfen. Die Neugier war erwacht und besiegte die Trägheit.

Reichwein hatte seine Aufzeichnungen chronologisch geordnet und durchnummeriert. Dabei wählte er Überschriften, wie sie in der frühen Neuzeit geläufig waren. Er benutzte den Begriff »Observatio«, gefolgt von der jeweiligen Nummer in römischer Ziffer. Unterhalb dieser Überschrift war das Datum angegeben. Dann folgen einige Seiten Text bis zur nächste Observatio. Woher hatte er diesen

Begriff? Wahrscheinlich hatte er sich von älteren Schriften der Naturforschung inspirieren lassen. Wahrscheinlich hatte er in der Schule Latein gelernt. Jetzt erst fiel mir auf, dass ich über sein Leben kaum etwas wusste. Das Bild vom einfachen, »ungebildeten« Menschen, das ich mir anfangs von ihm gemacht hatte, entsprach zwar meinem Klischee, führte aber in die Irre. Ich konnte ja Marlies später fragen. Ich begann mit der Lektüre des ersten Eintrags der kopierten Handschrift, was keine Probleme bereitete, da sich die Schriftzüge klar und deutlich auf dem weißen Papier abzeichneten und die einzelnen Buchstaben sorgfältig ausgeschrieben waren.

Observatio I
15 September ....

Ich sitze in der Kirche, der Gottesdienst am Sonntagmorgen nimmt seinen gewohnten Gang. Gebete, Lesungen aus der Bibel, Kirchenlieder, die von der Gemeinde kläglich gesungen, aber vom Orgelspiel veredelt erklingen, eine mühevoll konstruierte Predigt, der zu folgen ich wenig Lust verspüre. Ich sitze in einer hinteren Bankreihe und sehe die Gemeindeglieder – die Kirchen sprechen lieber von Gliedern statt Mitgliedern – vor mir: Köpfe, Hälse und Schulterpartien von hinten. Die Glieder der Gemeinde sitzen regungslos, manchmal rutscht eines auf seinem Platz nach vorn oder hinten, hebt oder senkt den Kopf, verstohlene Entspannungsübungen auf der Kirchenbank, um dann wieder in eine Starre zu verfallen. Aber der Eindruck täuscht. Diese Leute sitzen gar nicht still und regungslos vor mir. Ich merke, wie sie alle fast unmerklich die Schul-

tern heben und senken, wie sich ihre Oberarme dazu bewegen. Ich sehe: Sie atmen und bin erstaunt, dass mir so etwas Selbstverständliches wie eine Entdeckung vorkommt.

Ich sehe auf die Rückansichten von Kopf, Schultern, Oberkörper vor mir und was zunächst als feststehendes Bild erscheint, kommt in Bewegung, wenn man sich auf ein Einzelelement konzentriert. Man beobachtet dann das Auf und Ab beim Ein- und Ausatmen. Und was mich sehr erstaunt: Der Rhythmus ist nie ganz regelmäßig, es gibt kleine Verzögerungen, winzige Beschleunigungen, die sich aber bald wieder in den Grundtakt einschwingen. Die Predigt vergeht wie im Fluge bei solchen Betrachtungen. Zum ersten mal bedaure ich, dass die Predigt nicht länger andauert, denn gerne hätte ich meine Beobachtung fortgesetzt. Die Frage konnte ich heute nicht lösen: Hängen die Atmenden miteinander zusammen? Und wenn ja, wie? Gibt es zum Beispiel synchrone Atembewegungen bei nebeneinander Sitzenden und sind diese besonders bei Paaren auffällig? Lässt sich aus der Beobachtung von nicht synchron atmenden Paaren schließen, dass ihre Harmonie gestört ist? Auf jeden Fall werde ich meine Beobachtungen fortsetzen. Früher, das heißt vor ungefähr 300 Jahren, sprach man in der Naturforschung von Observationes. Genau darum geht es mir. Deshalb ist dies meine Observatio I.

Ich klappte das Heft zu. Genug für heute. Ich war irritiert. Ich hatte Reichwein als klugen Kopf in Erinnerung, aber dass er als Forstmensch so flüssig schreiben konnte, erstaunte mich ziemlich. Er verfügte offenbar über eine beachtliche Schulbildung und seine Redeweise von den »Observationes« ließ erkennen, dass er nicht nur mit lateinischen Begriffen umgehen konnte, sondern auch kulturhistorisches Wissen besaß. Ich wollte Marlies fragen, ob sie Näheres über ihn wusste. So machte ich mich mit dem Rad auf den Weg zur Strandpromenade, wo wir uns zum Lunch treffen wollten.

Strandsauna

Im Bistro-Café saßen wir an erhöhten Tischen auf Barhockern und hatten einen schönen Ausblick auf die in der Mittagssonne silbrig glänzende Nordsee. Wir verzehrten unseren Flammkuchen und tranken dazu ein Jever Pils (»so herb wie das Land«). Natürlich drehte sich unser Gespräch um Adam Reichwein.

»Kennst Du seine Biografie?« fragte ich Marlies. »War er auf dem Gymnasium und hat dort auch Latein gelernt?«

Sie lächelte: »Der hat nicht nur Abitur mit Latinum gemacht, sondern sogar studiert, Lehramtsstudium für Geschichte und Sport. Irgendein dramatisches Ereignis muss ihn aus der Bahn geworfen haben, sodass er die Universität verließ und in die Forstwirtschaft abwanderte – aber nicht als studierter Forstwirt, sondern als schlichter Angestellter der Forstverwaltung.«

»Und was war das für ein Ereignis?« Ich war tatsächlich neugierig geworden.

»Er hat mir das nicht verraten, sondern nur vage Andeutungen gemacht. Ich weiß nicht, worin die alles verändernde Erschütterung bestand. Vielleicht ein Unfall, vielleicht eine Erleuchtung, wer weiß.« Marlies lächelte nicht mehr. Ihr Gesicht nahm einen grüblerischen, dann einen betrübten Ausdruck an.

»Vielleicht kriegen wir das ja noch raus« , meinte ich etwas schnoddrig und erntete Widerspruch.

»Dieser Adam ist nicht so leicht aufzubrechen, wie Du denkst. Er redet nur, wenn er will. Und er kann ganz schön schweigsam sein. Dann ist nichts aus ihm herauszukriegen.«

Sie trank ihren Espresso und blickte auf.

»Wir könnten doch heute Nachmittag der Strandsauna einen Besuch abstatten«, sagte ich, um endlich das Thema zu wechseln. »Der Wind ist mäßig, die Bewölkung aufgelockert und die Sonne kommt immer wieder durch. Ideales Wetter.«

So radelten wir mit Handtüchern und Badeschlappen bewaffnet zum FKK-Strand. Wir hatten Gegenwind. Wer Gegenwind hat, beneidet die entgegenkommenden Radler, die so locker auf ihrem Sattel sitzen und sich entspannt unterhalten, während man selbst mit aller Kraft in die Pedale treten muss. Aber der Gipfel der Frustration ist erreicht, wenn man mit dem Gegenwind kämpfend von einem E-Bike oder Pedelec überholt wird. Und es ist entwürdigend, wenn dann der Elektro-Radler grinsend an einem vorbeizieht. Die meisten haben ein schlechtes Gewissen und unterdrücken die Geste des Triumphs, aber es gibt Sadisten, die sich an der Qual der anderen weiden. Ich war froh, als wir endlich am Strand ankamen, ohne in dieser entwürdigenden Weise überholt worden zu sein. Wir stellten unsere Räder am großen Parkplatz ab und überquerten die Dünen zu Fuß.

Mir fiel die Predigt eines sportlichen Pfarrers ein. Er wollte der Gemeinde in der Pfingstzeit den Heiligen Geist mit Hilfe einer persönlichen Anekdote näherbringen. Er sei mit seiner Frau auf einem Uferweg flussaufwärts geradelt. Sie seien beide nach einer gewissen Zeit ziemlich erschöpft gewesen. Da habe hinter ihnen ein Rad geklingelt und sei an ihnen locker vorbeigezogen. An der Batterie erkannten sie: Es handelte sich um ein E-Bike. »So, liebe Gemeinde, kann auch der Heilige Geist wirken. Anstatt nur mühsam voranzukommen, besitzt man plötzlich eine Kraft, die uns den mühsamen Weg leicht hinter uns bringen lässt.«

»Ja der Heilige Geist kann in einer Fahrrad-Batterie stecken«, sagte Marlies und wischte sich den Schweiß von der Stirn. »Ich hätte ihn heute gut brauchen können.« Wir lachten.

Die Strandsauna ist aus groben Holzplanken zusammengezimmert und ruht auf Pfeilern. Einsam steht sie auf dem weiten Strand. Ihre Einrichtung ist simpel: Eine Saunakabine, ein Liegeraum, eine kleine Außenterrasse, auf der sich auch eine kalte Dusche befindet. Daneben gibt es ein kleines Restaurant (»nicht textilfrei«) mit einer Toilette, zu dem man über eine eigene Holzrampe gelangt. Saunagäste, die hierher kommen, lieben das rustikal-maritime Ambiente, das Abkühlungsbad in der Nordsee nach einem Aufguss, zu der man allerdings zehn Minuten über den Strand laufen muss, bis man das Wasser endlich erreicht. Die meisten Kurgäste meiden deshalb die Anlage. Sie möchten sich der primitiven Schwitzbude in der abgelegenen Sandwüste nicht anvertrauen. Gott sei Dank gehörte Marlies nicht zu diesem Menschenschlag.

Die Zeit verging wie im Flug. Schwitzen in der Saunakabine, Gang zum Wasser, Schwimmen in der Nordsee, Rückkehr zur Plattform, Ausruhen auf der Liegeterrasse, Bad in der Sonne, sobald diese sich zeigte. Wir waren müde aber gut gelaunt, als wir schließlich wieder auf unsere Räder stiegen und zum Ort zurück radelten. Der Rückenwind steigerte unsere Euphorie.

Nach dem Badenachmittag schmeckte uns das Abendessen im Hotel. Wir scherzten über alles Mögliche: Studentenzeiten, Universitätsverwaltungen, Zeitungsverleger, politische Wahnsinnsprojekte, Vorhersagen aller Art (Klimakatastrophe, Waldsterben, Wetterprognosen). Adam Reichwein hatten wir dabei vergessen, obwohl er untergründig mit von der Partie war. Vielleicht gibt es einen Gott Eros, der die harte Welt weich werden lässt, Getrenntes vereint, Wunden schließt.

Ich frühstückte mit Marlies am frühen Morgen im Hotel, begleitete sie zum Inselbahnhof, wo der Zug zum Hafen schon bereitstand. Ich winkte zum Abschied, bis die Inselbahn um die Ecke bog und auch von Marlies nichts mehr zu sehen war. Dann kehrte ich zur Rehaklinik zurück, wo gerade die Kurgäste nach dem Frühstück aus der »Dining Hall« strömten. Meine Tischgesellschaft lief in Dreierformation an mir vorbei.

»Wo kommet Sie denn her?« schwäbelte Kate Emgelmann munter und laut. Herr Kraushaar lächelte freundlich dazu – oder grinste er unverschämt? –, während Frau Klein-strauch etwas finster dreinblickte, wie es ihre Art war.

»Vom Inselbahnhof, ich habe dort meinen Besuch verab-schiedet«, sagte ich, verbeugte mich und ging zu meinem Zimmer, wo an der Tür bereits der Therapieplan für die kommende Woche hing.

Observatio XXIX

Ich war im letzten Drittel der »Bösen Geister« von Do-stojewski angelangt, wo sich die revolutionären Hirnge-spinste einer Gruppe in schrecklicher Weise materialisieren. Aber Adam Reichweins Notizen fesselten meine Aufmerk-samkeit zunehmend und drängten die irrlichternden Dämo-nen in den Hintergrund. In meiner »Freizeit« schaute ich ins dicke Bündel der kopierten Hefte. Der erste Eindruck hatte getäuscht. Die einzelnen Beobachtungen, die er als »Observationes« bezeichnete, waren nicht konsequent durchnummeriert, aus unerfindlichen Gründen endete die Nummerierung bei der Observatio XXIX. Die folgenden Eintragungen wurden nur noch durch das Datum markiert. Ich hatte keine Lust, sie zu zählen. Es waren mehrere Hun-dert.

Was sollte ich damit anfangen? Ich war Journalist, bes-tenfalls Schriftsteller, aber kein Wissenschaftler, der aus den Beobachtungen eines merkwürdigen Zeitgenossen in psychologischer, ethnologischer oder soziologischer Hin-sicht Honig saugen konnte. Schriften zum Thema Atmen und Atem waren zuhauf in den Esoterik-Abteilungen der Buchläden zu finden. Hierzu einen Essay für das Feuilleton meiner Zeitung zu basteln, war zwar möglich, aber schien mir nicht sonderlich originell. Yoga-Kurse wurden flächendeckend in allen möglichen Formen und Preiskategorien angeboten, Millionen von Zeitgenossen waren einschlägig informiert. Die Entzauberung des Atmens hatte schon vor Jahrzehnten eingesetzt, sodass man aufpassen musste, sein Lesepublikum nicht mit längst Bekanntem zu langweilen.

Aber Reichweins Observationes enthielten Mitteilungen, die überraschend und packend waren und von denen ich bislang nichts gehört hatte. Manches davon ähnelte Märchenerzählungen und war kaum zu glauben. Ich war von dem Stoff gefesselt und verstand jetzt, warum Marlies mir diese Notizen übergeben hatte. Sie wusste, dass sie mich faszinieren würden. Vielleicht war das ja ihre Absicht. Ich sollte ihr eine Ansichtskarte von der Insel schicken, dachte ich, versehen mit einem einzigen Satz: »Ich bin (nicht nur) von Reichweins Observationes gefesselt.«

Das Ende der Kur war in Sicht. In vierzehn Tagen würde ich unwiderruflich die Heimreise antreten, da dann die bewilligte Verlängerung, was in früheren Zeiten als »Nachkur« bezeichnet wurde, auslief. Ich hatte also noch Zeit, mich den Zeugnissen des Atemkünstlers zu widmen und wollte jeden Tag in das Konvolut eintauchen und mich stichprobenartig seinem Werk nähern. Ich nahm an, dass es eine Art Entwicklung gab, bei der sich Erlebnisse und Erfahrungen zu einer eigenen Geschichte fügten. Das sollte sich bestätigen. Die folgende Observatio, die ich vollständig mitteilen will, zeigte eine merkwürdige Beobachtung an.

Observatio XXIX

24. Oktober ....

Ich war heute bei einem Klavierabend. In der Kreisstadt spielte eine ältere, recht bekannte Pianistin Stücke von Beethoven und Schubert. Ich konnte im Auto der Nachbarn mitfahren. Auf dem Land achtet man auf solche Kulturangebote. Sie bieten die seltene Gelegenheit, in eine andere Welt einzutauchen, die man sonst nur aus den Medien kennt. In der Mehrzweckhalle am Rathaus finden solche besonderen Ereignisse statt, worauf die Zeitung gewöhnlich ziemlich ausführlich hinweist. Die Veranstaltung an diesem Samstagabend war fast ausverkauft. Die Stuhlreihen füllten den Raum, auf dem Podium stand der Flügel aufgeklappt bereit, davor der Klavierschemel. Ich nahm am Rande einer mittleren Stuhlreihe Platz. Es waren viele Bekannte zu sehen, meine unmittelbaren Sitznachbarn aber kannte ich nicht.

Die Pianistin, eine stattliche Frau in schwarzem langem Kleid, betrat die Bühne, selbstbewusst lächelnd, wie sie das wohl schon tausend Mal zelebriert hat. Das Auditorium applaudierte. Sie verneigte sich langsam und würdevoll, der Applaus schwoll noch einmal an, bevor er der spannungsvollen Stille wich, die dem Beginn einer Vorstellung voranzugehen pflegt. Ich achtete auf ihren Atem, den die Bewegung ihrer Brust anzeigte. Ich atmete unwillkürlich mit: Ein, Aus, Ein, Aus. Ich konnte ihren Atem in mir spüren und ließ mich von ihm bewegen. Oder war dies nur Einbildung?

Da geschah etwas Unerwartetes, was ich so noch nie erlebt habe. Die Pianistin wollte schon die Hände auf die Tasten legen, als ihr Oberkörper sich leicht schüttelte und sie niesen musste. Sie holte ein Taschentuch aus einer kaum sichtbaren Seitentasche ihres Kleids und schnäuzte sich die Nase. Ich erschrak und mit dem Erschrecken erfasste mich eine Gefühl des Triumphs. Mein Atmen hatte sie beeinflusst, erzittern lassen, den Niesreflex ausgelöst. Oder war dieser Zusammenhang pure Einbildung? Natürlich konnte das der Fall sein. Und doch war ich von der Macht meines Einflusses überzeugt, mit der ich sie offenbar erreicht hatte. Sie spielte ihr Programm grandios und ich verzichtete auf weitere Versuche. Ich habe jetzt ein mulmiges Gefühl. Ist es erlaubt, Menschen zu beeinflussen, ohne dass sie davon wissen? Macht man sich nicht schuldig, wenn man eine Pianistin zum Niesen bringt und so einen Moment lang daran hindert, in die Tasten zu greifen? Meine ethischen Skrupel melden sich, werden aber von Experimentierfreude und Entdeckerlust bei Weitem aufgewogen. Ich bin stolz auf meinen Fortschritt in der praktischen Atem-Kunst.

Anmerkung: Heute ist mir ein neuer Aspekt der Atem-Kunst klar geworden. Atmen wird gewöhnlich als ein mehr oder weniger autonomer Vorgang eines Einzelorganismus angesehen: Herr A. atmet ruhig, Frau B. hat beim Laufen Atemnot, Kind C. hat Asthma. Der Gedanke, dass Atmen die Menschen verbinden kann, dass es ein Zusammen-At-

men gibt, eine Atem-Kommunikation, ist den meisten Men-
schen fremd. Aber die niesende Pianistin hat mir gezeigt,
dass es so etwas gibt.

Propaganda

Ein gewisser Herr Wilhelm Specht habe angerufen und bitte um gelegentlichen Rückruf, teilte mir Frau Weber an der Rezeption mit und reichte mir einen Zettel mit der Telefonnummer. Es war kurz vor neun Uhr, die Tischgesellschaften hatten sich nach dem Frühstück aufgelöst. Jeder hatte seinen Stundenplan vor Augen und strebte zum Ort der anberaumten Behandlung. Im Vorbeigehen konnte man sich an der Rezeption nach eventuell eingegangenen Meldungen erkundigen oder neu eingetroffene Sendungen abholen. Für mich war diese Passage Routine, da ich dort meine Tageszeitung in Empfang nahm, die mir als Leiter des Feuilletons selbstverständlich kostenlos zugeschickt wurde. (Um mein Kurgefühl nicht zu stören, legte ich die Exemplare ungelesen beiseite und widmete mich höchstens im Leseraum der »Kulturinsel« der Zeitungslektüre.) Mein Exemplar kam schon mit dem ersten Schnellboot am frühen Morgen auf der Insel an und fand in Windeseile seinen Weg in die Klinik. Frau Weber kannte mich als Abonnenten und bedachte mich mit besonderer Aufmerksamkeit.

Denn sie hatte irgendwie herausgefunden, dass ich zur Redaktion gehörte (sie hatte wohl das Impressum meiner Zeitung studiert). Es war klar, dass sie mir den Anruf sofort melden würde, sobald ich auf der Bildfläche erschien.

»Danke, Frau Weber, sobald ich Zeit habe, werde ich telefonieren«, sagte ich zu ihr.

»Der Chef persönlich!» Fast klang es wie ein Vorwurf, dass ich nicht sofort zu meinem Smartphone griff. Sie beschäftigt sich mehr mit meiner Person als nötig, sagte ich mir. Nach der Inhalation und dem Bewegungsbad im erwärmten Meerwasser ist für den Rückruf immer noch Zeit, dachte ich verärgert. Schließlich war ich in Kur und wollte den mir nicht unangenehmen Trott nach Stundenplan nicht durcheinander bringen lassen. Gewohnheit wird zur zweiten Natur, irgendwo hatte das schon Montaigne in einem seiner Essais dargelegt. Und die Natur zu stören ist letztlich ein Frevel.

Um elf Uhr war ich dann bereit. Ich wählte die mir wohlbekannte Telefonnummer, erreichte das »Vorzimmer« und wurde sofort – mit der mahnend klingenden Aussage »Wir haben Ihren Anruf schon erwartet« – mit dem »Chef« verbunden.

»Hallo Hartmut, ich sollte zurückrufen. Leider ging das nicht früher.« Ich saß in meinem Zimmer und schaute aufs Meer.

»Hallo Gustav, schön, dass Du Dich meldest. Ich hoffe, dass Deine Reha planmäßig verläuft und Du bald wieder auf dem Dampfer bist.« Hartmut hatte sich eine zweideutige Sprache angewöhnt, die stets für Ironie und Doppelbotschaften Raum ließ. Die Redewendung »auf dem Dampfer« war typisch. Sie konnte seinen Gesundheitszustand, die Rückreise auf dem Schiff, aber auch die Redaktion meinen, wo Alle in einem Boot saßen.

Ich war gespannt, in welche Richtung der Chefredakteur marschieren würde. Es war schnell klar, dass er mit »Dampfer« die Redaktionsstuben meinte, denn er interessierte sich weder für den Behandlungserfolg, noch für das genaue Datum meiner Rückkehr an den Arbeitsplatz.

»Wir haben in zwei Monaten in unserer Stadt eine große Klimakonferenz. Das wird mit 5000 Teilnehmern ein Mega-Event. Wir wollen, ja müssen im Vorfeld eine Sonderbeilage unserer Zeitung unters Volk bringen. Dabei geht es vor allem um das Feuilleton. Wir müssen die Hauptlinien der Konferenz plastisch und auf unterhaltsame Weise vorzeichnen. Du verstehst.«

»Nicht ganz«, antwortete ich. »Mit Fragen der Klimapolitik habe ich mich nie befasst.«

»Das musst Du auch nicht. Die Hauptsache ist, dass Du schreiben kannst, und daran besteht ja nicht der allergeringste Zweifel!« Hartmut war jetzt in seinem Element. Er beherrschte die Disziplin der Überredungskunst und zog alle Register. »Du hast freie Hand, wie Du die Beilage aufziehst. Natürlich können wir auch darüber reden, dass Du für zwei, drei Wochen in Klausur gehst, um den Stoff zu sichten und zu ordnen. Eine Hilfskraft kann das ja schon mal vorarbeiten und Material sammeln.«

»Aber Du weißt doch, lieber Hartmut, dass mich die Klimadebatte überhaupt nicht interessiert und ich bisher nie etwas dazu geschrieben habe«, wehrte ich seinen Angriff ab.

»Ich kenne Dich doch, Du kannst Dich schnell einarbeiten und noch schneller einen klugen Text verfassen. Im Moment sieht es ziemlich mau in der Redaktion aus: Urlaub, Krankheit, Nichtskönner. Dein Beitrag wäre unheimlich wichtig.«

Er wollte mich bei meiner Ehre packen, das geschieht am effektivsten mit Schmeicheleien, dachte er wohl.

»Gibt es denn schon Ideen oder Leitbegriffe für die Sonderbeilage? Was muss unbedingt vorkommen, was sollte draußen bleiben?« fragte ich ihn.

Er zögerte und ich ahnte, dass mir seine Antwort nicht gefallen würde. »Wir haben uns in kleinem Kreis schon etwas überlegt. Punkt 1 ist die Klimakatastrophe: Erderwärmung, Eisschmelze, Dürren, Tornados und so weiter – Alles wissenschaftlich belegt. Punkt 2 handelt von Klimasünden und Klimasündern: Die CO_2-Emissionen durch Verkehr, Heizung, Autos, verursacht durch Geldgier, Energieverschwendung, Verkehrswahn zu Wasser, auf dem Lande und in der Luft. Punkt 3 betrifft die notwendige Klima- und Energiewende: Erneuerbare Energie durch Wind- und Sonnenkraft, Dieselfahrverbote, Förderung der Elektromobilität, Reduktion der Fleischproduktion, Blockade der Abholzung des Regenwaldes.«

Was Hartmut mir erzählte, entsprach den Verlautbarungen der Politik, den Kommentaren in den Medien und den Forderungen von demonstrierenden »Umweltaktivisten«.

Auch diverse Stellungnahmen wissenschaftlicher Akademien bliesen ins selbe Horn. Ich empfand plötzlich Abneigung, Widerwillen, ja, eine gewisse Übelkeit und stöhnte am Telefon auf.

»Ich will Dich mit dieser Sache jetzt nicht belasten, Du bist ja noch in der Reha. Aber ich denke, dass es sinnvoll ist, Dich auf die nächste große Herausforderung so früh wie möglich vorzubereiten. Wenn Du zurückkommst, kannst Du dann direkt an die Arbeit gehen. Vielleicht kannst Du Dir ja jetzt schon mal Gedanken machen, aber ich will auf keinen Fall, dass dich die Sache belastet.« Typisch Hartmut, dachte ich. Ein Schwerenöter.

»Das sieht ja nach reiner Propaganda aus«, bemerkte ich. »Voll Mainstream. Sollen wir uns das antun?«

»Wir müssen, mein Lieber, wir müssen«, sagte der Chef. »Ich brauche Dir das ja nicht im Einzelnen zu erläutern, denke ich. Der Bundespräsident wird bei der Konferenz ein Grußwort sprechen, die neueste Umwelttechnologie wird auf einer Ausstellung präsentiert und auf breiter Front Werbeanzeigen schalten, unsere Zeitung wird einen separaten Flyer zur Veranstaltung mit unserem Logo drucken. Noch Fragen?«

Nein, ich hatte keine Frage mehr. Es war klar, worum es sich handelte. Es ging um Propaganda, das raffinierte Werben um Aufmerksamkeit und die Beeinflussung der Massen durch optimal präsentiertes Anschauungsmaterial. Mir fiel der Begründer der »Public Relations« als Methode des Marketing ein, der in den Vereinigten Staaten geborene Neffe von Sigmund Freud: Jacob Bernays. Er veröffentlichte 1928 als junger Mann sein geniales Werk »Propaganda«. Demnach war Propaganda das unerlässliche Instrument, um in einer modernen Gesellschaft Ordnung zu schaffen und sie – in der Vision von Bernays – zu guten Zielen (und eigenem Nutzen) zu lenken.

Ich versprach am Telefon, mir die Sache durch den Kopf gehen zu lassen und wusste zugleich, dass ich mich vor diesem Projekt drücken würde. Wie, würde sich zeigen. Aber eines war mir bewusst geworden: Das Thema Atem-Kunst à la Reichwein lag gegenwärtig nicht im Trend. Und eine Gegenpropaganda aufzubauen, wäre über meine Kräfte gegangen. Aber genau darum ging es im Kern – eine destruktive Propaganda durch eine konstruktive zu ersetzen. Ich wollte noch einmal darüber nachdenken.

Conclusio A

Bis zum Abend hatte ich das Telefonat mit Hartmut Specht mental abgeheftet. Es beschäftigte mich nicht weiter. Viel interessanter erschienen mir Reichweins Notizen, die ich vorsichtig abtastend durchblätterte. Ich nahm mir kleine Abschnitte vor, wie man ein großes Stück Kuchen in kleinen Bissen genießt. Seine Aufzeichnungen waren systematischer angelegt, als ich zunächst vermutet hatte. Die Reihe seiner Observationes wurde hin und wieder von einem theoretischen Einschub unterbrochen, in dem er die wahrgenommenen Phänomene zu erklären versuchte und daran feinsinnige Spekulationen anschloss. Er hatte seine Beobachtungen mit römischen Ziffern nummeriert und die theoretischen Einschübe – in seinem Sprachgebrauch »Conclusiones« – mit Großbuchstaben in alphabetischer Reihenfolge gekennzeichnet. Offensichtlich waren Letztere nachträglich in die Hefte eingeschoben worden.

Bei meiner abendlichen Sitzung stieß ich auf die »Conclusio A«. Der Text umfasste eine knappe Seite. Die einfachen und präzisen Sätze zeugten von der Ausdruckskraft des Autors. Hier schrieb ein Kenner, der sich nicht wie ein Stümper und Hochstapler hinter Floskeln verstecken musste. Heute war es draußen recht stürmisch und der Himmel verhangen. Es gab wenig durchs Fenster zu sehen, erst recht kein Sonnenuntergang. Ich konnte mich auf die Lektüre konzentrieren.

Conclusio A
[Ohne Datum]

Jeder lebende Mensch atmet. Dieser Vorgang begleitet ihn von der Geburt bis zum Tod, wo er schließlich sein Leben aushaucht und stirbt. Im Sterben erlebt der Mensch seine äußerste Einsamkeit. (Man denke an Jesus am Kreuz.) Dieser Umstand hat zur irrigen Auffassung geführt, dass das Atmen als körperlicher Vorgang immer auf den einzelnen Organismus begrenzt sei, wie Essen, Verdauen und Ausscheiden. Meine Beobachtungen und Experimente haben mir aber gezeigt, dass das Atmen nicht auf ein Individuum beschränkt sein muss. Es gibt ein Zusammen-Atmen, in dem zwei oder mehr Menschen zu einer Gemeinschaft zusammenfließen und in einen veränderten Bewusstseinszustand (ein wissenschaftlicher Terminus, der wenig über das Erleben besagt) geraten. Es stellt sich eine wundersame Gleichzeitigkeit beim Zusammen-Atmen heraus, die unabhängig von der sozialen Beziehung der Personen untereinander ist. Wie das zustande kommt, ist ein Rätsel, vielleicht eine Sache für Neurowissenschaftler oder Parapsychologen. Ich bin selbst überrascht, wie das bloße Beobachten von anderen eine gemeinsame Verbindung zu ihnen herstellen kann. Das ist auch ein bisschen unheimlich. Darf ich andere ohne

deren Kenntnis und Einverständnis so anblicken? Ich glau-
be: Ja. Denn ich schaue sie voller Sympathie an und nicht
mit dem »Giftauge des Ressentiments« (Nietzsche).

Reichweins Redeweise erstaunte mich auch hier. Hier
schrieb kein bäuerlicher Gesundheitsapostel, kein religiöser
Schwärmer, sondern ein gebildeter Mensch, der keine
Angst hatte, wie ein Naturforscher Neuland zu betreten und
Experimente anzustellen – ohne Zweifel und Selbstkritik an
seinem Vorgehen auszublenden. Ich war fasziniert. Marlies
sollte erfahren, dass sie mir mit Reichweins Notizen wirklich ein Geschenk gemacht hatte. Ich schrieb ihr einen kurz-
en Brief, in dem ich ihr meine Eindrücke schilderte. Ein
großartiges Dokument, das nicht im Verborgenen gehalten
werden solle, schrieb ich. Aber für meine Zeitung käme
eine solche Thematik nicht in Frage. Sie hätte sich aus ge-
schäftlichen Gründen um andere Dingen zu kümmern, etwa
um das Brimborium der Klima-Konferenz. Man habe anderes im Kopf als die Reichwein'sche Atem-Kunst. Ich steckte
den Brief in den Umschlag, klebte die Briefmarke darauf
und warf ihn noch am späten Abend in der Briefkasten am
Klinikeingang. Übermorgen würde Marlies ihn erhalten.

Lichtgestalten in der Finsternis

Die Sehnsucht nach Heiligen, die man verehren und um Beistand bitten kann, ist heute nicht ausgestorben, auch wenn sie sich zumeist nur noch in profaner Form bemerkbar macht. Heiligenkulte gehen mit der Zeit wie die Moden der Möbel, Kleidung oder Haarfrisur. Doch wie auch immer sie konkret aussehen mögen: Sie setzen alle ein Spannungsfeld zwischen den Heiligen und ihrer Gemeinde voraus. Der angehimmelte Heilige kommuniziert mit der Gemeinde seiner Verehrer, und im klassischen Fall des heilig gesprochenen Märtyrers geschieht dies mehr oder weniger lange nach dessen Tod. Anführer revolutionärer Bewegungen oder Oberhäupter religiöser Sekten spielen für ihre Anhänger dagegen schon zu Lebzeiten die Rolle von Heiligen.

Solche Gedanken gingen mir durch den Kopf, als ich nach dem Abendessen zu gewohnter Stunde an meinem Schreibtisch saß und immer wieder aufs Meer hinaus schaute, um den Augenblick des Sonnenuntergangs nicht zu verpassen, wenn der rote Ball den Horizont berührt, um dann rasch abzutauchen. Ich hatte gerade einen Bericht über Greta Thunberg, die berühmte »Klima-Aktivistin«, in der Zeitung gelesen. Er umrahmte ein großes Foto, dessen Bildkomposition mich beeindruckte. Da stand eine Heilige inmitten einer Schar von Jüngern (vorwiegend Jüngerinnen), kleiner als die anderen, mit ihrem runden, einfältigen Gesicht, in dem ein sphinxhaftes Lächeln eingefroren war. Ihr langer Zopf hing über den geöffneten Anorak herunter und reichte bis zur Körpermitte. Ihr Gesicht leuchtete hell: Wegen der zufällig durch die Baumwipfeln herabfallenden Sonnenstrahlen? Wegen der Aufmerksamkeit eines geschulten Fotografen? Oder war der Eindruck meiner eigenen Einbildung geschuldet, die natürlich voreingenommen war? So also sieht heutzutage eine leibhaftige Heilige aus, dachte ich zynisch und bewunderte zugleich diese Erscheinung im umstrittenen Wald. Ein katholischer Bischof hatte sie vor kurzem sogar mit Jesus Christus verglichen. Im Netz konnte man zu dieser Meldung den unflätigen Kommentar lesen: »Sehr gut, wann ist dann endlich die Kreuzigung?« Außerkirchlich wurde sie als Anwärterin auf den Friedensnobelpreis gehandelt, die säkulare Form der Heiligsprechung mit beschränkter Transzendenz.

Ich schaute mir im Laptop die Fotos der Heiligen im bedrohten Märchenwald („Hambi" genannt) genauer an, die durch die Suchmaschine rasch auf den Bildschirm gezogen wurden. Sie zeigten in leicht veränderter Aufstellung dieselbe Konstellation: eine Heilige, umgeben von der Schar ihrer Anhänger. Eine Person hatte den Kopf mit einer Sturmhaube verhüllt, ein Outfit, wie man es bei Polizisten im Sondereinsatz oder bei Bankräubern in Aktion sehen kann. Diese bedrohlich aussehende Kapuzengestalt wurde in den Medien als »Klimaaktivistin« bezeichnet, was an den sich unter dem Pulli dezent abzeichnenden Brüsten abzulesen war. Offensichtlich befindet sie sich im Krieg, und zur Rettung der Welt sind harte Bandagen angezeigt. Mich erinnerte das an ein Foto, das in einer Ausstellung zum »deutschen Preis für politische Fotografie und Karikatur« zu sehen war. Es zeigte laut Legende den Teilnehmer einer Demo am Hambacher Forst vor Tagebauloch und Braunkohlebagger, dessen Kopf mit einem blutroten Schal verhüllt war – ein malerischer und zugleich schauriger Anblick, da er zwangsläufig an die Aufmachung von IS-Kämpfern erinnerte. Auch dieses Foto fand ich sofort im Internet und konnte es noch einmal betrachten.

Als ich wieder aus dem Fenster blickte, sah ich die Sonne untergehen. An der Balustrade über der Strandpromenade hatten sich eine Menge Schaulustiger versammelt, um das Naturereignis zu mitzuerleben, kaum jemand, der nicht Handy oder Fotoapparat gezückt hatte, um diesen Augenblick kurz vor dem Versinken der Feuerkugel hinter dem Meeresspiegel festzuhalten. Ich schaltete den Laptop aus, warf die Zeitung in den Papierkorb und ließ die Dämmerung hereinkommen. Dostojewskis »Böse Geister« lagen als dicker Band auf der Kommode, Ich war im letzten Drittel des Romans angekommen. Der diffuse Impetus, die Lebensverhältnisse umzustoßen, verdichtete sich zu einer mörderischen Verschwörung. Um den neuen Menschen zu schaffen, waren alle Mittel erlaubt: Diffamierung, Verrat,

Betrug, Brandstiftung, Mord. Was der Dichter im Mikrokosmos seiner Romanwelt zum Vorschein brachte, erscheint den Nachgeborenen im 21. Jahrhundert wie ein prophetischer Blick in die Zukunft, als mit der Oktoberrevolution der bolschewistische Terror auf den Plan trat und wie kaum ein anderes Ereignis, abgesehen vom Terror des Nationalsozialismus, die Welt radikal veränderte. Sie sollte durch den Klassen- oder Rassenkampf gerettet, der »neue Mensch« mit aller Gewalt geschaffen werden. Die alten Heiligen hatten ausgedient, die neuen wurden angebetet, und wer den neuen Kult der Herrscher nicht mitmachte, war seines Lebens nicht sicher.

Das Schlimmste, was einem kommunistischen Widerstandskämpfer gegen die Nazis passieren konnte, war nicht, von diesen gefangen und malträtiert, sondern von eigenen Parteigenossen als Renegat liquidiert zu werden. Für mich war das die eindringlichste Botschaft, die das Riesenwerk von Manès Sperber »Wie eine Träne im Ozean« aussandte. Die bösen Geister des Stalinismus – wahrlich nicht die einzige Form kommunistischer Gewaltherrschaft, aber sicher die eindrücklichste – sind nicht gebannt, sie werden vielfach nur nicht beachtet.

Die Sonne war längst untergegangen, die Dunkelheit breitete sich aus: Ich schloss die Balkontür und das Fenster, um die abendliche Kühle fernzuhalten. Das Thema der Heiligenverehrung beschäftigte mich immer noch. Diesmal aber von der anderen Seite. Es gibt Menschen, die wie ein Licht in der Dunkelheit leuchten. Ein Licht, unsichtbar für die meisten Menschen in ihrer Umwelt, das Wahrheit anzeigt. Simone Weil fiel mir ein. Sie war im französischen Widerstand aktiv, starb im englischen Exil 1943. Sie führte auf ihre Weise einen Zweifrontenkrieg: Gegen die Nazis, die Paris und einen Großteil von Frankreich besetzt hatten, und gegen den Stalinismus, über dessen Brutalität sie sich keine Illusionen machte wie so viele Intellektuelle im Widerstand. Als ich vor kurzem darauf stieß, dass Simone Weil von zwei Literaturnobelpreisträgern (fast wie eine Heilige) verehrt wurde, war ich entzückt: nämlich von Albert Camus und Czesław Miłosz, die miteinander befreundet waren.

Es gibt die wunderbare Anekdote, dass Camus am Tage der Verkündigung des Nobelpreises an ihn vor den Fotografen und Journalisten in die Pariser Wohnung der Familie Weil (die Mutter lebte noch dort), in ihr früheres Arbeitszimmer mit dem ursprünglichen Mobiliar, geflohen sei, um dort Ruhe zu finden. Auch Miłosz besuchte öfter Simones Mutter, um sich mit ihr zu unterhalten. Wer die beiden Abhandlungen kennt: »Der Mensch in der Revolte« von Camus und »Verführtes Denken« von Miłosz spürt die unbestechliche Aufrichtigkeit von Menschen, die auch in finstersten Zeiten ihrem »inneren Licht« vertrauen. Vielleicht darf man sagen: Die beiden Literaten haben sich von Simone Weil anstecken lassen. Gibt es eine Gemeinschaft der Heiligen in unheilvoller Zeit?

Conclusio D

Adam Reichweins Notizen beschäftigten mich, sodass Dostojewskis »Böse Geister« warten mussten, bis sie sich in ihrer ganzen Schrecklichkeit offenbaren würden. Vielleicht ist es ganz gut, dass ich mich erst einmal mit guten Geistern abgebe, dachte ich. Tatsächlich schilderte Reichwein sehr genau, wie seine Atem-Kunst Wohltuendes bewirkte. Ihr Einfluss konnte nicht nur entspanntes Dösen und sogar Einschlafen auslösen, sondern auch heilsame »Operationen« ausführen. Eine Reihe von Observationes beschrieb seinen Umgang mit Schmerzkranken, denen seine Atem-Kunst Linderung verschaffte. Für solche Behandlungen stellte er zwei Bedingungen: Striktes Stillschweigen in der Öffentlichkeit (insgeheime Mundpropaganda war erlaubt) und Verzicht auf jegliches Honorar. Je stärker ich mich in seine Notizen vertiefte, umso mehr wurde mir klar, dass dieser Stoff für meine Zeitung ungeeignet war. Ich würde erst gar nicht den Versuch machen, bei der Redaktionskonferenz für ihn zu werben. Er würde inmitten der Kulturnachrichten, Buchbesprechungen, Theaterrezensionen und Ausstellungsberichten als Fremdkörper erscheinen, der sich den üblichen Formaten wie Feature, Sachbericht oder Dokumentation entzog. Ich dachte an Marlies. Wir sollten Reichweins Geheimnis wahren und zugleich würdigen, vielleicht durch eine anonyme Veröffentlichung im Selbstverlag abseits von Talkshows und Buchmesse-Rummel. Die Idee gefiel mir und ich konnte mir vorstellen, dass auch sie Gefallen daran finden würde.

Das Wetter war am späten Nachmittag noch angenehm warm, eine laue Brise wehte vom Meer. Ich lief auf dem kürzesten Weg zum Dünenpfad, der direkt zum Strand führte, setzte mich auf eine Bank und packte Reichweins Notizen aus. Heute wollte ich mich mit einer Passage beschäftigen, die mich an romantische Naturphilosophen und Dichter erinnerte. Sicher kein Zufall, dachte ich. Er hat mehr gelesen als die Welt um ihn herum ahnt. Die rasch vorbeiziehenden Wolken gaben den Himmel frei. Möwen segelten, anders als bei stürmischem Wetter, sanfter durch die Lüfte und ihr Geschrei klang weniger aufkratzend. Die »Conclusio«, die ich mir jetzt vornahm, war etwas länger als die anderen, Reichwein hatte zwei Seiten dafür benötigt.

Conclusio D
[ohne Datum]

Es gehört zu den großen Täuschungen des Menschen, dass er die leeren Räume zwischen den Körpern für Nichts hält, bestenfalls gefüllt mit Luft, die wiederum als ein Pendant zum Nichts erscheint. Zwei Körper, zwischen denen ein Abstand besteht, erscheinen getrennt. Sie haben nichts miteinander zu tun, solange keine Verbindung, keine Überbrü-

ckung zwischen ihnen hergestellt wird. *Meine Atem-Experimente haben mir aber gezeigt, dass eine Überbrückung zu anderen Menschen über größere Entfernungen hinweg möglich ist. Wie kann das sein? Gibt es unsichtbare Wellen oder Strahlen, die eine Verbindung herstellen und gemeinsames Erleben möglich machen? Es gibt den alten Begriff »Himmels-Luft«, der übrigens im Internet bei der Transkription alter Texte oft mit »Himmels-Lust« verwechselt wird, da »f« und »s« in Frakturschrift ähnlich aussehen. Diese Himmelsluft, so stelle ich mir vor, ist wie ein Äthermeer, in dem alle Körper schwimmen. Wenn der Mensch atmet, bewegt er dieses Äthermeer – unabhängig von der Luftströmung – und erzeugt bei anderen Resonanzen, die wieder auf ihn zurückschwingen. So kommt es zu einer Übereinstimmung, die Kräfte freisetzt und tatsächlich zu einer Art »Himmelslust« führt. Die kann verschiedene Formen annehmen und unterschiedliche Wirkungen haben: etwa ekstatische Entzückungen hervorrufen und dort, wo jemand leidet, Linderung und manchmal Heilung bringen.*

Ich war überrascht, wie stark mein Atmen im Laufe der Jahre wurde. Es geht dabei nicht um den Einsatz von Druck und Stärke, eher um subtile Verhaltung und Zurücknahme. Ich hatte dort den größten Erfolg, wo ich mit geringsten Kraftaufwand atmete, aber zugleich meine Aufmerksamkeit, mein Bewusstsein, meine ganze Existenz auf ein einziges Ziel ausrichtete: den Anderen, die Anderen zu erreichen. Hat das Ganze nicht mit Alchemie zu tun? Die höchste Geistigkeit ist dort erreicht, wo der »Geist«, das Arkanum oder wie auch immer man diese feine Kraft nen-

nen möchte, aus der groben Stofflichkeit befreit ist. Ich
operiere in der unsichtbaren Himmelsluft und freue mich
über die Fernwirkungen, die von ihr weitergeleitet werden.
Ich weiß, dass diese Erklärungen naiv sind und von der
Wissenschaft abgelehnt werden, habe aber keine besseren.

Wieder einmal war ich über seine Ausdrucksweise erstaunt, die philosophische Schulung verriet. Das »Äthermeer« und damit zusammenhängende Konzepte gehörten ja
zu den meistdiskutierten Gegenständen in Philosophie,
Theologie und Wissenschaftsgeschichte. Es geht dabei um
die Frage nach dem Band, dass Alles miteinander verbin-
det, das Eine, das »Hen«, wie es die Griechen nannten.
Reichweins Conclusio erinnerte mich an einen berühmten
Philosophen, dessen Vorlesung ich als Student besucht hatte. Es ging über das »Hen« bei Platon. Ich kannte weder
diesen, noch hatte ich bisher je etwas über das »Hen« gehört. Aber der frei und flüssig sprechende Philosoph, alters-
gebeugt neben dem Rednerpult stehend, an dem er sich ab-
stützte, hauchte das »Hen« so zauberhaft in den überfüllten
Hörsaal, dass alle plötzlich von seinem »Hen« berührt waren. In diesem Glücksmoment war es so still, dass man die
sprichwörtliche Stecknadel hätte fallen hören können. Die
Kraft des »Hen« konnte sich, so war mein Eindruck, nur
deshalb so mächtig entfalten, weil der Redner das Wort fast
flüsterte. Die Reinheit des tongebenden Ausatmens brauchte kaum Luft und erschien mir wie eine unmittelbare Äußerung des Geistes. So ungefähr stellte ich mir Adam Reichweins Atem-Kunst vor. Aber ich hatte ja nur punktuell in
seine Notizen geschaut. Es gab noch viel in ihnen zu entde-

cken. Aber so einfach die Sätze auch formuliert waren, so schwer schien es mir, hinter ihr Geheimnis zu kommen. Was die Buchstaben auf dem Papier im Leben des Autors bedeuteten, war schwer zu fassen. Trotzdem war ich überzeugt, ihre Wirklichkeit erahnen zu können. Mein gespanntes Verhältnis zu meinen asthmatischen Atemwerkzeugen hatte mich sensibel für die Welt des Atmens und auch ein bisschen wundergläubig gemacht.

Der Rückruf

Als ich mich auf den Rückweg zur Klinik machte, kreisten meine Gedanken um die »Conclusio D«. Sie enthielt im Grunde nichts, was im Laufe der Geistesgeschichte nicht schon längst diskutiert worden wäre. Aber nicht dieser Umstand war verblüffend, sondern ins Leben gerufene Ideen, wie Reichwein sie schilderte. Mit solchen Überlegungen kehrte ich zur Klinik zurück, gerade noch rechtzeitig zum Abendessen. Auf dem Weg zur Dining Hall kam ich an der Rezeption vorbei und wurde von Frau Weber, die offenbar Spätdienst hatte, herbeigewunken.

»Ein Anruf für Sie mit der Bitte um Rückruf bis 20 Uhr. Hier die Telefonnummer«, sagte sie mit gewichtiger Stimme und überreichte mir einen Zettel.

Ich erkannte sofort den Anrufer. Hartmut Specht, der Chef, wollte etwas von mir.

Zuerst aber wollte ich das Abendbrot zu mir nehmen, um, so gut es ging, gesättigt und ausgeruht diesen Angriff auf meinen Tageslauf abzuwehren. So schritt ich zu meinem Tisch, wo die anderen drei Rehabilitanden schon Platz genommen hatten und mich mit Kopfnicken und »Hallo« begrüßten.

Nach Nudelsalat, Käsebrot mit Tomaten und Früchtejoghurt war ich gestärkt, um ins Feld zu ziehen. Ich zog mich in mein Zimmer zurück und tippte die bekannte Telefonnummer in mein Smartphone. Hartmut Specht war selbst am Apparat und machte einen aufgesetzt wirkenden fröhlichen Eindruck.

»Hallo, prima lieber Gustav, dass du so schnell zurückrufst. Wir sehen uns ja nächste Woche sowieso. Aber es ist vielleicht nützlich zu wissen, was unbedingt ansteht – nur damit du dich darauf einstellen kannst. Am Mittwoch besucht der Rektor der Universität zusammen mit dem Oberbürgermeister unsere Zeitungsredaktion, übrigens auf eigenen Wunsch. Beiden liegt eine öffentlichkeitswirksame Begleitung der Klimakonferenz durch die Medien und vor allem durch unser Blatt sehr am Herzen. Ein ausführliches Interview um elf Uhr mit anschließendem Fototermin ist geplant. Maier von der Politischen Redaktion soll als ein Interviewer agieren. Aber wir wollen ja auch auf die kulturelle Dimension des Klimawandels hinweisen und deshalb wirst du als zweiter Interviewer dabei sein. Ich werde vorab die beiden Persönlichkeiten begrüßen und ihnen auf einem kurzen Rundgang das Verlagsgebäude zeigen, natürlich in Begleitung unseres Fotografen. Nach dem Interview werden wir dann zu einem Gruppenfoto zusammenkommen, das auf jeden Fall Verwendung finden wird.«

Hier hielt Hartmut Specht inne. Vielleicht brauchte er nach diesem Redeschwall eine Atempause oder aber er wollte jetzt eine Reaktion von mir hören. Nachdem ich schwieg und mir keine passende Antwort einfiel, fügte er hinzu:

»Es geht mir nur darum, dass du dich innerlich auf dieses Interview einstellen und dir passende Fragen ausdenken kannst. Aber keine Angst. Wir haben bereits eine Liste von möglichen Fragen für dich erstellt, damit wollen wir dich auf deiner Insel aber nicht belästigen. Es ist völlig ausreichend, wenn du sie am Montag, sozusagen zum Dienstantritt, bekommst.« Mir kam es so vor, als ob er bei »Dienstantritt« ironisch durchs Telefon grinste.

»Ich will dich jetzt nicht weiter mit dieser Angelegenheit belästigen. Aber die Klimakonferenz wirft ihre Schatten voraus und wir haben hier ein Schwerpunktthema zu stemmen. Aber du wirst dich sicher rasch einarbeiten und Ideen haben, wie wir damit punkten können.«

Ich erschrak. Ich sollte Punkte sammeln mit »Klimawandel«, »Nachhaltigkeit«, »Energiewende« und so weiter. Mir kam das so vor, wie wenn ein Agnostiker ein Gebetbuch für den christlichen Gottesdienst verfassen sollte.

Specht wünschte mir eine gute Rückreise, ich dankte und schwieg, während es in mir rumorte und mein Gehirn nach einem Ausweg suchte. Vielleicht konnte ich das Interview auf einige Ungereimtheiten der Klimaforschung lenken, wobei ich höllisch aufpassen musste, keinen Skandal zu provozieren. Ich dachte an den Kabarettisten Werner Finck, der im »Dritten Reich« die Zensoren meisterhaft hinters Licht führte und die Lacher auf seiner Seite hatte. Dagegen war meine Aufgabe leicht und es drohte mir auf keinen Fall

Gefängnis oder Fronteinsatz. So beruhigte ich mich allmählich. Von Specht war im Grunde nichts Schlimmes zu erwarten. Ihn interessierte (aus verständlichen Gründen) alleine die Höhe der verkauften Auflage. Die Klimakonferenz sollte in diesem Sinn hochgejubelt werden, da sie, wie er glaubte, das Interesse der Leser wecken würde. Vielleicht ließen sich damit auch neue Abonnenten gewinnen. Gegenüber den Inhalten selbst war er neutral eingestellt oder mit anderen Worten: Sie waren ihm, vornehm ausgedrückt, gleichgültig.

Vor dem Einschlafen hatte ich mir eine Strategie zurechtgelegt, wie ich Rektor und Oberbürgermeister, die sich in der Öffentlichkeit gerne als Zweierpack in Szene setzten, befragen könnte. Ich würde scheinbar harmlose Fragen stellen, die aber weite Echoräume eröffnen würden, in denen sie sich verirren sollten. Denn ich kannte die beiden: genial im Marketing und recht stümperhaft bei der intellektuellen Durchdringung der Probleme. Ich würde ihren Redaktionsbesuch ohne Schaden zu nehmen überleben. Dieser Gedanke rettete meinen Nachtschlaf.

Steine für die Toten

Inmitten der Dünen weit außerhalb des Inselkurorts befand sich ein gigantisches Denkmal, das mir größer als ein Fußballfeld vorkam. Tatsächlich aber war es kleiner, angelegt in mehreren Terrassen, die zum Hauptmonument anstiegen: einem Steinquader als Sockel, darauf ein Siegerkranz, auf dem Waffen und Helm eines germanischen Kriegers ruhten, wie auf einer Informationstafel erklärt wurde. Der Name des verehrten Generals war auf der Vorderseite eingemeißelt. Auf der einen Seite war zu lesen »Dem ruhmreichen Führer … im Kriege 1914/15« und auf der gegenüberliegenden »Dem Eroberer von Lüttich«. An den Seiten des Terrassenfeldes waren Gedenksteine mit den Wappen der von ihm befehligten Regimenter aufgestellt, die verschieden gestaltet waren: als Obelisk, als Quader, der einem Grabstein ähnelte, oder auch nur als Bodenplatte.

Feierlich eingeweiht wurde die Anlage am 1. September 1917, »dem Jahrestag des Beginns der Schlacht um Sedan im Krieg 1870/71«, wie zu lesen war. Das Foto auf der Tafel zeigte strammstehende Matrosen um das Hauptmonument mit »Helm und Waffen eines germanischen Kriegers«. Es dokumentierte eine paradoxe Endsieg-Stimmung. Man beschwor zu einem Zeitpunkt, als sich die Kriegsniederlage abzeichnete, den bevorstehenden Sieg, indem man den vergangenen von Sedan noch einmal feierte. Der General, der von deutscher Seite als Kriegsheld und von belgischer Seite als Kriegsverbrecher angesehen wurde, erlebte weder die Einweihung des Denkmals noch das Ende des Krieges, da er bereits 1915 an einer Krankheit verstorben war. Man hatte diese Anlage unverändert stehen lassen, die Steine verwittern allmählich, Moos macht sich breit, Gras wächst üppig ohne merklichen Schnitt. Die Büsche am Rande werden offenbar zurückgeschnitten, um die Natur vorläufig noch aufzuhalten, dieses Feld ganz zurückzuerobern. Der Eingang ist zwischen Bäumen und Sträuchern versteckt, nur ein unscheinbares Schild verweist auf ihn. So war es nicht verwunderlich, dass nur wenige Passanten den Weg zu diesem Denkmal fanden.

Ich besuchte es an einem Samstagmorgen. Nachdem ich das Feld durchquert und mir alles näher betrachtet hatte, setzte ich mich zum Verschnaufen auf die Bank am Eingang. Merkwürdig, dachte ich, dass seit Ewigkeiten Steine benutzt werden, um Tote im Gedächtnis der Lebenden lebendig zu halten. Grabsteine mit Inschriften, die vom Verstorbenen zeugen, gibt es spätestens seit den Römern. Man kann römische Grabmale auch in deutschen Museen bewundern. Eine Sonderform von Gedenksteinen, die wahrscheinlich in Deutschland häufiger vorkommen als in der restlichen Welt, stellen Kriegerdenkmäler dar, die in jeder

Stadt und selbst in den abgelegensten Dörfern zu finden sind. Oft sind sie in zwei Flügeln angelegt. Auf der Steintafel vom Betrachter aus links sind die Namen der Gefallenen des Ersten Weltkriegs zu lesen, auf der Tafel rechts die des Zweiten Weltkriegs. Der Uhrzeigersinn wird also eingehalten. Zwischen beiden Totentafeln befindet sich häufig eine bedeutungsschwangere Skulptur, untermalt von bestimmten Weihesprüchen: »Denen, die ihr Leben fürs Vaterland hingaben«, »In Ehren fürs Vaterland gefallen« oder Ähnliches. Die Stein- oder Bronzefiguren, die das Fallen auf dem Schlachtfeld zeigen, sind in ihrer kalten Ästhetik dem unmittelbaren Grauen entrückt. Abgerissene Beine, hervorquellendes Gedärm aus offenem Bauch, zerfetzte Gesichter habe ich noch bei keinem Kriegerdenkmal gesehen. Zu hören gibt es bei Denkmälern ohnehin nichts, weder der Fluch auf Kaiser oder Führer noch das elende Winseln eines Todgeweihten. Stattdessen sah ich tadellos sitzende Uniformen und Helme, aufrechte Recken mit der Panzerfaust in der Hand, gleichzeitig den verwundet fallenden Kameraden im Arm haltend – als könne man, wenn auch nicht den Tod verhindern, so ihn doch sanft abfedern. Gerade im Ersten Weltkrieg fand eine ungeheure Ästhetisierung des Sterbens auf dem Schlachtfeld statt. Sie zeigte sich als typische Schönfärberei des Verreckens, was nicht zuletzt Universitätsprofessoren vorzüglich beherrschten, wie manche ihrer »Kriegsvorträge« belegen. So beschäftigte sich ein berühmter Ordinarius für Psychiatrie mit der Frage ein, ob das Sterben durch einen Kopfschuss ins Gehirn überhaupt noch zu spüren sei. Er meinte, wegen der Schnelligkeit sei das sicher nicht der Fall. So könne er sich für einen Jüngling nichts Glücklicheres vorstellen, als bei aufgehender Sonne für Gott und Kaiser durch einen feindlichen Kopfschuss zu fallen. Dieses Glück war ihm selbst freilich nicht vergönnt. Er starb fast 80-jährig an einem Schlaganfall.

Als ich von meinem morgendlichen Ausflug in die Klinik zurückkam, traf ich Kate Engelmann im Foyer. Sie saß in einer Sitzecke und las Zeitung. Ich fragte sie, ob sie das Denkmal unseres Kriegshelden bzw. -verbrechers kenne. Nein, davon habe sie nie etwas gehört.

»Aber Denkmäler sind immer interessant«, sagte sie, legte die Zeitung beiseite und wandte sich mir zu. »Sie sagen mehr über diejenigen aus, die Denkmäler aufbauen, als über die Personen, an die das Denkmal erinnern soll. Ich könnte Ihnen tolle Beispiele nennen. Die einfachsten und billigsten Denkmäler sind Steine mit Inschrift, das heißt Gedenksteine. Der Übergang zu Gedenktafeln, die man in Hauswände einlassen kann, sind fließend.«

»Stolpersteine gehören auch dazu«, warf ich ein.

»Ja sicher«, sagte sie. »Ein Beispiel für das, was ich vorhin gesagt habe. Stolpersteine gehören inzwischen zum Straßenbild vorwiegend in Westdeutschland, die aber erst nach der Wiedervereinigung eingesetzt wurden. Sie verraten außer Namen, Lebensdaten und Vernichtungs- bzw. Sterbeort nichts von den Menschen, sind inzwischen aber zu einer wichtigen Marke der Erinnerungskultur avanciert.«

»Die geniale Idee eines Künstlers, die ihm lebenslang Arbeit verschafft«, sagte ich. »Wie ich gelesen habe, hat er jetzt schon mehr als 70.000 Steine verlegt. Da er ein Patent darauf hat, ist das eine todsichere Einnahmequelle, die patentrechtlich sogar europaweit anerkannt ist, soweit ich weiß. Das Finanzamt sprach einmal von einer ›Massenproduktion‹, die nicht den Anspruch schöpferischer Tätigkeit beanspruchen dürfe und wollte entsprechend höhere Umsatzsteuern. Man hat ihm das aber erspart. Gönnen wir ihm sein Einkommen als Stolpersteinproduzent.«

Kate sah mich verwundert an. »Woran denken Sie? Irgend etwas passt Ihnen bei der Sache nicht.«

»Ich habe selbst noch nicht darüber nachgedacht«, antwortete ich. »Aber es gibt da eine fatale Analogie, über die ich einfach nicht hinwegkomme. Menschen wurden wie zu entsorgender Müll in Vernichtungslager deportiert. Ein Dreivierteljahrhundert später wird an ihre Ermordung mit genormten Steinen (96 Millimeter im Quadrat und 100 Millimeter in der Höhe) im Straßenbelag erinnert. Auf den quadratischen Messingtafeln stehen zwar Eigennamen, aber alle sehen gleich aus, entstammen *einer* Produktionsstätte. Die Einebnung der Individualität erschrickt mich manchmal. Mir kommen die Stolpersteine vor den Wohnhäusern der Opfer wie eine nachträgliche Inszenierung ihrer Deportationen vor, eine symbolische Wiederholung als Mahnung. Genau das haben wir doch bezweckt, werden die Initiatoren sagen. Mir kommt das Ganze aber gespenstisch vor.«

Wir schwiegen, Kate hatte mich verstanden. Der Gong ertönte und rief zum Mittagessen. Er erlöste uns von unserm Unbehagen.

Abschiedsrunde

Unsere Tischgesellschaft erwies sich als stabil. Auch den anderen war der Klinikaufenthalt verlängert worden. Die gemeinsame »Nachkur« hatte unser Gemeinschaftsgefühl gestärkt, sodass es klar war, dass wir unseren Abschied gemeinsam feiern wollten. Am Samstag war die Abreise anberaumt, also wollten wir uns am Donnerstagabend in anderem Ambiente zusammenfinden. Beim Mittagessen sollte entschieden werden, wohin man abends gehen wollte. Helmut Kraushaar, der Polizist, schlug die »Harpune« vor, wo ausgezeichnete Fischgerichte angeboten würden. Niki Kleinstrauch, die Professorin für Gender Studies, wollte unbedingt ins »Basilico« gehen, das einzige vegane Restaurant vor Ort. Kate Engelmann, die Schwäbin, schwärmte von den »Maultasche«, die man im Restaurant »Binnenland« sogar von Hand zubereiten würde. Sogar vegane »Maultasche« gäbe es dort, sagte sie und wandte sich Frau Kleinstrauch zu, um sie für ihren Vorschlag zu begeistern. Nun war es an mir, Stellung zu beziehen.

»Haben wir nicht genug Fisch gegessen? Ob mit Harpune erlegt oder nicht, spielt keine Rolle. Auch zur veganen Basilico-Welt zieht es mich wenig, obwohl ich Basilikum liebe, besonders wenn die runden Blätter den Tomatensalat zieren. Ich finde zur Einstimmung auf unsere Heimkehr wäre das ›Binnenland‹ genau das Richtige. Dort sollen ja, wie ich höre, leckere ›Mauldasche‹ aus eigener Produktion auch für Veganer und Veganerinnen angeboten werden.«

Kate Engelmann nickte: »Kann i bestätige, 's gibt koi bessere Mauldasche, au für Veganer!«

Damit war die Entscheidung gefallen. Herr Kraushaar und Frau Kleinstrauch gaben sich zufrieden. Ich freute mich, Kate zum Sieg verholfen zu haben, sie war mir einfach sympathisch.

Nun saßen wir zu Viert an einem quadratischen Tisch im holzgetäfelten Gastraum des »Binnenland«, das mit bayrischen Symbolen dekoriert war: große Kuhglocke über der Theke, weiß-blaue Tischdecken, in Trachten gekleidete Bedienung. Als wir gegen sieben Uhr eintrafen, waren die meisten Plätze schon besetzt. Es war sehr vernünftig gewesen, dass wir einen Tisch reserviert hatten. Wir ließen uns nieder und mussten darüber lachen, dass wir automatisch in derselben Sitzordnung wie in der Klinik Platz genommen hatten.

»Der Mensch ist ein Gewohnheitstier«, meinte Herr Kraushaar.

»Großartiger Kurerfolg, wie wir die Klinikordnung verinnerlicht haben«, sagte Kate Engelmann ironisch.

»Wenigstens diesen Erfolg hat die Kur gehabt«, fiel Frau Kleinstrauch ein, und das klang bissig und keineswegs ironisch aus ihrem Mund.

Als die Getränke kamen – die beiden Damen tranken Wein, die Herren Weizenbier – erhoben wir die Gläser und prosteten uns zu. Jetzt oder nie, dachte ich, und erhob feierlich meine Stimme.

»Darf ich Ihnen einen Vorschlag machen? Ich halte es jetzt am Ende unserer Kur für angebracht, das wir uns duzen, wenn Sie nichts dagegen haben. Ich heiße Gustav.«

Der Vorschlag wurde begeistert aufgenommen, nur bei Frau Kleinstrauch merkte ich ein unmerkliches Rümpfen der Nase (was ich mir vielleicht nur einbildete), das sich aber sofort in ein Lächeln auflöste.

»Niki«, »Kate«, »Helmut – Ihr könnt mich auch Helli nennen«, der Wechsel vom Sie auf Du war geschafft und es kam mir vor, als hätten wir eine Last abgelegt.

Helli sah prächtig erholt aus, sonnengebräunte Haut, ausgeruhter Gesichtsausdruck. Und doch war da ein leichtes Giemen aus seiner Brust zu hören, das sein Sprechen begleitete. Normalerweise kommt es uns so vor, als seien Sprechen und Atmen zwei verschiedene Vorgänge, die kaum etwas miteinander zu tun haben. Wenn Helmut Kraushaar redete, konnte ich unmittelbar spüren, dass Sprechen nur ein moduliertes Ausatmen ist, ein Umlenken des Atem-Stroms wie das beim Flöten geschieht, wenn er durch die Klangröhre geleitet wird. Das Giemen ist aber bestenfalls Musik in den Ohren eines auskultierenden Lungenarz-

195

tes. Ansonsten ist es für den Betroffenen und seine Umgebung ein Alarmzeichen.

»Mein Zustand hat sich gebessert, aber wenn ich von der Insel runterkomme, geht das ganze Elend innerhalb von ein paar Wochen wieder richtig los«, sagte Helmut Kraushaar. »Ich brauche die allergenfreie Inselluft. Die Behandlungen waren nicht schlecht, Alles schön und gut, aber nicht von Dauer. Ich bin im Ruhestand, Gott sei Dank. Ich habe hier schon viele Jahre ein Zimmerchen in einer Pension gemietet, die Leute sind nett, ich gehöre fast zur Familie. Dorthin werde ich schon im Spätherbst für drei Monate zurückkehren.«

Er machte ein glückliches Gesicht dabei. Aber wir anderen beneideten ihn nicht um sein permanentes Inselleben. Die Vorstellung, schon nach so kurzer Zeit wieder eine kleine Ewigkeit auf diesem Eiland zu verbringen, erzeugte einen Abwehrreflex. Wir waren froh, es bald verlassen zu dürfen, auch wenn das normale Leben auf dem Festland nicht besonders verlockend erschien.

Kate hatte ihre rheumatischen Beschwerden unter der Behandlung fast verloren, so konnte ihre Finger wieder schmerzfrei bewegen. Vor allem war sie glücklich, wieder Klavier spielen zu können. Im Vortragssaal der Klinik stand ein Flügel, auf dem sie schon bald nach Beginn der Kur regelmäßig mit leisem Anschlag übte. Sie liebte die Cramer-Etüden, weil sie musikalisch ausgereift waren und die Beweglichkeit systematisch durch spezielle Fingersätze schulten. Ich hatte ihr ein paar mal zugehört und war von ihrem Spiel begeistert. Mein Vorurteil über die Schwaben wurde wieder einmal bestätigt: Sie sind arbeitsam (»schaffig«), kulturbeflissen und zugleich erfolgreich bei der Verwirklichung ihrer Vorhaben.

Wir warteten nicht allzu lange auf das Essen. Kate Engelmann hatte sich für die schwäbischen Original-Maultaschen entschieden, die sie hier schon getestet habe und die ganz hervorragend seien. Ich war von ihrer Empfehlung sofort überzeugt und bestellte das Gleiche. Helmut Kraushaar entschied sich allerdings für ein Rumpsteak mit Zwiebeln und Pommes frites. Niki Kleinstrauch aber zeigte sich wie nicht anders zu erwarten als Widerstandskämpferin. Aus reiner Opposition gegen Kate verkündete sie trotzig, dass sie auf Maultaschen welcher Ausführung auch immer verzichte und stattdessen einen (selbstverständlich veganen) Gemüseauflauf mit gegrillten Auberginen und Tomaten nehme. Wir kannten ihre Art und gönnten ihr den kleinen Triumph.

Klein und spitznasig saß sie da, ihr rötlich gefärbtes Haar ließ ihr Gesicht merkwürdig blass erscheinen, als seien Seeluft und Sonne spurlos an ihr vorübergegangen. An ihren Armen und an den seitlichen Halspartien waren Kratzspuren zu sehen, Zeugnisse ihrer Neurodermitis.

»Meine Krankheit ist nicht heilbar, aber behandelbar, heißt es überall. Natürlich ist sie behandelbar, fragt sich nur, mit welchem Erfolg. Viel hat das ganze Theater in der Klinik nicht gebracht. Liegt vielleicht auch daran, dass die Chefs alle Männer sind«, sagte sie in ihrer klagsamen Art. Die Professorin für Gender Studies witterte überall die Misogynie der angeblich von Männern dominierten Welt. Sie tat uns leid, dass sie sich aus ihrem Gedankenkäfig nicht befreien konnte. So kam sie mir wie ein Pfarrer vor, der am Biertisch noch von Gott faseln muss, oder wie ein Klimaforscher, der niemanden ein Steak essen sehen kann, ohne nicht auf die schädliche CO_2-Bilanz hinzuweisen. Ich gestehe, dass mir Frau Professorin Kleinstrauch ziemlich auf die Nerven ging. Hätte ich ihr das offen gesagt, hätte sie sicher prompt geantwortet: »Sehen Sie, das ist genau Ihr Problem!« Jetzt natürlich in Duz-Form.

Ich konnte schließlich über das allmähliche Verschwinden meines Asthmas berichten. »Ob durch die Behandlung oder das Hochseeklima sei dahingestellt. Ich glaube, die Luft alleine hätte genügt. Aber wer weiß.«

Im weiteren Verlauf löste sich die Abschiedsrunde von unseren Krankengeschichten und wir redeten über alles Mögliche. Niki Kleinstrauch wurde von der guten Stimmung angesteckt und taute auf. Man hörte sie sogar ein- oder zweimal lachen. Ein gutes Zeichen, dachte ich. Dann brachen wir auf und radelten in der Abenddämmerung bei mäßigem Gegenwind zur Klinik zurück.

Überfahrt zum Festland

Der Tag der Abreise war gekommen. Ich hatte schon am Vortag begonnen, mich von Kurgästen, Klinikpersonal und Ärzten zu verabschieden. Auch vergaß ich nicht, ein gehöriges Trinkgeld in den Schlitz des großen Sparschweins an der Rezeption zu werfen. Ich wurde nach dem Frühstück mit dem klinikeigenen Van (so heißt neuerdings ein kleiner Personenbus) zum Bahnhof gebracht, die bunten Wagen der Inselbahn standen schon bereit. Mein Koffer wurde in den Gepäckwagen verladen, vom Rucksack, der meinen Laptop barg, trennte ich mich nicht.

Obwohl ich das Nebelhorn bei Abfahrt erwartet hatte, erschütterte mich sein Schall auch dieses Mal, auch die anderen Passagiere zuckten zusammen. Die Sonne schien, die Luft war warm und es war fast windstill. Ich konnte den Anorak im Rucksack lassen und die Überfahrt auf dem Oberdeck genießen. Die entspannte Lage inmitten der gutgelaunten Rückkehrer mit ihrer gebräunten Hautfarbe lud zum Meditieren ein. Mein Denken kreiste um meinen auf dem Laptop gespeicherten »Roman«. Bildeten aneinander gereihte »widerspenstige Einfälle« überhaupt einen solchen? Die Frage ließ mich kalt. Sie mochte einen Literaturwissenschaftler oder Buchrezensenten umtreiben, mir war sie gleichgültig. Sollte ich meinen Text veröffentlichen, und wenn ja, wie? Diese Frage interessierte mich schon stärker.

Franz Kafkas Lösung kam für mich nicht in Frage. Ich wollte mein Geschreibsel auf jeden Fall der Öffentlichkeit mitteilen, jeder sollte es lesen können. Allerdings gab es ein Problem: Da meine Einfälle politisch Unkorrektes enthielten, wäre es unklug gewesen, als Autor mit meinem Namen, dem so genannten »Klarnamen«, zu firmieren. Denn die Sprachkorridore waren inzwischen aufgerichtet und ließen nur einen engen Durchgang. Viele meiner Einfälle würden darin steckenbleiben. Meine renommierte Zeitung, das war mir klar, konnte es sich nicht leisten, dass ein führendes Redaktionsmitglied Anstößiges publiziert. So lag es nahe, den Roman unter einem Pseudonym zu veröffentlichen und eine Publikationsform zu wählen, die einfach, billig und effektiv ist: das Self-Publishing. Die Idee begeisterte mich. Ich wäre mit meinem Werk durch spezielle Online-Verzeichnisse auf dem Buchmarkt präsent. Wahrscheinlich würde es von Google Books automatisch digitalisiert und mit wechselnden Kapiteln im Internet als »Vorschau« präsentiert. Zusätzlich konnte ich es durch einen Blog vorstellen und in Form von einzelnen Beiträgen kapitelweise präsentieren. Doch wer würde auf mein Machwerk im riesigen Dschungel des Internet schon achten? Dass es darauf keine Antwort gab, beunruhigte mich nicht. Allein die Vorstellung, dass weltweit jeder, der »Widerspenstige Einfälle« in die Suchmaschine eingibt, bei meinem Buch landen wird, erzeugte ein Hochgefühl. Es erschien mir als unfassbares Wunder, dass durch die Eingabe von so wenigen Buchstaben aus Milliarden, vielleicht sogar Billionen von Informationen meine eigene in Bruchteilen von Sekunden herausgefischt werden konnte.

Ich weiß nicht, warum ich in diesem Augenblick an eine Inschrift denken musste, die ich als Student auf der Wand eines Hörsaals betrachten konnte, während der Dozent unterhalb dieser Inschrift seiner Lehrverpflichtung nachzukommen hatte: »Was ist das Schwerste von allem? Was dir das Leichteste dünket: Mit den Augen zu sehn, was vor den Augen dir lieget – Johann Wolfgang von Goethe«. Irgendwie ärgerte ich mich über meinen Einfall, denn was Goethe vor Augen lag – etwa Naturdinge wie Pflanzen, Tiere oder Gesteine – war doch nicht vergleichbar mit dem, was dem heutigen Surfer im Internet begegnet und auf dem Bildschirm dann vor Augen liegt. Aber hatte Goethes Spruch nicht dennoch seine Berechtigung? Ist es nicht das Schwerste, im unendlichen Ozean der Informationen genau jene Inseln oder Inselchen zu entdecken, auf die wir uns im Notfall vor dem Ertrinken retten können? Und kann uns nicht auch Rettendes im Cyberspace vor Augen treten, was wir allzu leicht verkennen und übersehen?

Der Hafen auf dem Festland kommt gerade in Sicht. In einer halben Stunde wird das Schiff anlegen und der »Kontinent«, wie die Briten sagen, wird seine Ladung aufnehmen. Aber das Festland kommt mir keineswegs fest, der Kontinent keineswegs zusammenhängend vor, wie der lateinische Ursprung des Begriffs besagt. Europa und Deutschland sind ins Schwimmen geraten, und niemand kann vorhersehen, wohin sie treiben werden. Die alten Dämonen, die »bösen Geister«, lugen um die Ecke und zeigen ihre Fratzen. Aber sie hindern mich nicht mehr, frei zu atmen – ohne asthmatische Luftnot mit begleitender Todesangst. Ich bin froh über die neu gewonnene Freiheit. Sie beginnt in meiner Lunge, meinem Körper, und wer weiß, wo sie endet.

Inhalt

Website:

Henri du Mont-Tonnerre Blog

https://henridumonttonnerre446359762.wordpress.com/